YONG BU SHENGXIU DE XINYANG
——YIZUN MAKESI YINXIANG DE ZHONGGUO GUSHI

永不生锈的信仰

——一尊马克思银像的中国故事

余同友◎著

APGTIME 时代出版
时代出版传媒股份有限公司
安徽文艺出版社

图书在版编目（CIP）数据

永不生锈的信仰：一尊马克思银像的中国故事/余同友著.—合肥：安徽文艺出版社，2023.10（2024.11 重印）
ISBN 978-7-5396-7803-0

Ⅰ．①永…　Ⅱ．①余…　Ⅲ．①报告文学—中国—当代
Ⅳ．①I25

中国国家版本馆 CIP 数据核字(2023)第 118566 号

出 版 人：姚　巍
责任编辑：汪爱武　　　　装帧设计：张诚鑫

出版发行：安徽文艺出版社　www.awpub.com
地　　址：合肥市翡翠路 1118 号　邮政编码：230071
营 销 部：(0551)63533889
印　　制：安徽新华印刷股份有限公司　(0551)65859551

开本：700×1000　1/16　印张：13　字数：200 千字
版次：2023 年 10 月第 1 版
印次：2024 年 11 月第 2 次印刷
定价：58.00 元

目　　录

引　　子

那应该是一个有月亮的夜晚。夜已深,年轻的他坐在一处渡口边的渡船上,向四周张望着。

渡口在梅溪(又名徽水)边。从这里往北通往水阳江、青弋江,由水路可到全国四大米市之一的芜湖;往南则通往泾县,到达三溪坑口,而那里,则是他的老家皖南旌德县了。白露已过,万物浸润在深秋的轻寒中,河水在月光下"浮光耀金,仿佛梅花片片",这情景正是"梅溪"名称的来历。他不由得想起本地清初诗人施闰章的诗句"梓岫城头出,梅溪杖底流"。当然,这句诗,他只能在心里默默吟诵,否则,人们会惊异于他一身逃荒人的打扮——破旧的粗布衣衫,遍布烟灰的脸庞,身后背篓里散发出难闻的气味。

河水轻轻地碰撞着船底,像一个人深重的喘息,他也深深地呼出了一口气。自从9月21日那天匆忙离开江西萍乡安源,差不多一个月了,他翻山越岭,穿街走巷,虽然一路上尽量昼伏夜行,但仍然遇到了无数险情,现在,眼看快到家乡,总算可以稍稍定下心来了。

河边的大山无言地耸立着,山深处,偶尔传来一阵苦恶鸟的鸣叫,苦哇——苦哇——

他心有所动,再次观察了一下四周,确认一切安全后,忍不住扯过背在身后的旧背篓,拨开表面的脏衣服、破鞋子,直接将手伸到背篓中央,将一个小布包掏了出来。

布包缠得很紧,一层层包裹着,他像剥笋子一样,细心地打开,最后包着的是一块绸布,掀开略显冰凉的绸布,如水落石出。这一路上,他用生命保护着的物品,此刻终于显露出了面目。

他脸上的神色陡然严肃起来,双手捧定,双眼凝视着物品。

这是一尊高15.5厘米、重250克的银质的半身胸像,被塑造的这个人,一头长长而浓密的鬈发盖住了双耳,一圈络腮胡子倔强地覆盖到颈项之下。这是一位外国的美髯公,高鼻深目、宽额浓眉,最让人印象深刻的,是他的双眼,那样地深邃、坚定与睿智。

银像的底座上刻着几个字母:KMAPHC。这是俄文,意思是:卡尔·马克思。而在银像的底座下面,也刻有一行俄文,意思是:第6号,莫斯科铸造。

卡尔·马克思,这个年轻人轻轻地念着这个名字,在这个特殊的地点,捧着这尊银质胸像,他的心里升腾起一种强烈的冲动,他要赶快回到家乡,回到乡亲们中间去,他急迫地要将这尊银像附着的一种主义、理想、信念栽植到皖南大山深处百姓的心里。

这是 1925 年 10 月的一天，这个年轻人名叫梅大栋，这一年他 27 岁。那个时候，他还不知道，他带回深山里的这位“马克思”，不仅深刻地影响了一群深山里地地道道的农民，而且还将影响他整个家族与家庭的命运。在此后几十年的血雨腥风里，为了这位“马克思”，他们全家付出了三条生命的代价。

此刻，2022 年 4 月，一个阳光灿烂的春日，在安徽省宣城市旌德县档案馆里，我也在凝视着这尊银像。如今，它已经是全国一级革命历史文物。

近 100 年过去了，银像一如当初那般，闪耀着银质的内敛而沉稳的光芒，卡尔·马克思的双眼依然深邃而坚定。

我忽然想，百年前，这也许是世界上最神奇的相遇，卡尔·马克思，这位出生在德国莱茵河畔古老城市特里尔的科学社会主义理论的创始人，在他去世后约 30 年，却在俄罗斯平原莫斯科河畔被塑成银像，而后又经过山一程水一程的迢迢传递，最后，它竟然落脚在亚洲东部中国皖南深山的一隅。它从城市到山村，从知识分子到广大农工，这仿佛是一种隐喻，一种关于中国革命的隐喻。

今天，当我们再次用目光抚摸着银像，检索着这一尊银像经历的风雨历史，其实也就是在回顾 20 世纪 20 年代以降发生在中国大地上的革命历程。正是由于马克思主义从遥远的西方来到了中国，中国这头沉睡很久的东方雄狮才被唤醒。

这一刻，这仅有 250 克重的银像，突然变得沉甸甸的。我相信，任何一个当代中国人面对它，都不敢有丝毫的轻薄与草率。

苦恶鸟又鸣叫了一声。青年梅大栋早已热血沸腾,他郑重地原样包裹好银像,塞进背篓的深处。他等不及了,跳下渡船,迈开大步,沿着河边旌泾古道上的石阶往山里走去。

那么,让我们随着他的脚步,一同走进20世纪那个热血年代,看看在皖南一个偏僻的山村里,一群早期马克思主义者与这一尊马克思银像有着怎样的命运遭际。

第一章　初醒

一　这个教员像工友

这是1920年11月的一天。

梅大栋和几位同学站立在宣城北门小火轮码头上，等着从芜湖湾沚方向坐船来的恽代英。这个地方又名“别士桥”。据说，唐代大诗人李白第一次来宣城，就是从这里“泊舟而至”的。后来李白曾于此作《送友人》，其中的“此地一为别，孤蓬万里征”成为千古名句。梅大栋和同学们开玩笑说，今天我们在这里迎接代英先生，没准以后这个地方会改名为“迎士桥”呢。

是的，年轻的学子们今天在这里迎接的恽代英，是他们心目中的“士”，一位真正的“士”。可是，他们等了很长时间，船上的乘客都下光了，还是没有见到恽代英，莫非他们将时间弄错了？

几天前，校长章伯钧告诉同学们，他们四师（安徽省宣城县省立第四师范学校，以下简称“四师”）新学期要聘请一位新教员，叫恽代英。当时一听这个消息，梅大栋异常激动，他就到校长室请求，要和同学们一起去码头上迎接恽代英。

章伯钧故意板着面孔说，怎么，这回你们满意了？

梅大栋知道章校长指的是四师学生之前举行的几次拒绝顽固派统治学校的学潮运动，他挠挠头皮说，恽代英能来四师是我们的大福气啊！即便是在较为偏僻的皖东南宣城，恽代英的名字也像星星般闪耀在知识青年们的心中。恽代英是少年中国学会会员，他常在《少年中国》杂志上发表文章，一写就是数千上万言。这杂志经各种渠道传到宣城时，往往已经被翻阅得卷边了，但梅大栋依然一期一期追着读，他的感受和大部分同学一样，“凡是读过他文章的，未有不被他的道理说服、感情所吸引”。

小火轮冒着浓烟突突突地离岸开走了，梅大栋他们还是没有等到恽代英，只好往学校走。没走几步，就见一个人问路，先生，到宣城第四师范学校怎么走？那人操的是一口外地口音。

梅大栋心里一动，问他，您，是恽代英先生？

那个年轻人摇摇头，笑着，指着不远处的一个人说，代英在那儿呢。

不远处那个人穿着一件半旧的显得有些窄小的蓝布长衫，剃着光头，戴着一副深度近视眼镜，脚上穿的是土制布鞋。他坐在担行李的扁担上，正冲着梅大栋笑。然后，他站起来拱手说，我是恽代英，你们就叫我代英吧。

梅大栋不敢相信这个人就是恽代英。他是如此朴素，若是不戴着眼镜，活脱脱就是学校里一位卖苦力的工友嘛。但是恽代英一开口说话，梅大栋就知道，这是恽代英，这是那个创办“利群书社”，试验“全然共产，各尽所能，各取所需”“共同生活”的恽代英，这是那个左手翻译、右手撰文，热情讴歌新思潮的恽代英。他赶紧去帮恽代英担行李，恽代英连连摆手说，哎，哎，自己的事情自己做，你带路吧！

梅大栋侧了身说，先生，应该是您带路！

恽代英说，不对，叫我代英，还是我在前头蹚路吧。

梅大栋和同学们跟在恽代英身后，这次随着恽代英一起到四师来的，还有随他附读的学生李求实、刘茂祥和吴华梓（又名吴化之）。夕阳西下，一行年轻人的身影被拉长。梅大栋心里激动着，当然，他那时还不会想到，他今后的命运会和这一行人发生密切的关系。

二　“示范生，不是稀饭生”

有必要介绍一下宣城四师。它的前身是宁国府中学堂，是清政府仿效资本主义国家学校建立的，当初校址在旧镇台衙门，后迁至夫子庙所在地——鳌峰（现在的宣城第六中学校址）。宁国府中学堂从 1906 年建立到 1912 年停办，虽时间不长，却为地方教育带来了一股新风。1914年,它被改造为安徽省立第四师范学校。这得益于一个大的时代背景——当时北京政府教育部《师范教育令》规定:“师范学校省立”,“学校经费由省经费支给”。故而师范学校学生的学、膳、宿费均由学校提供。

宣城四师初创时,学制四年,分预科和本科,预科毕业后升入本科。宣城四师开办当年就招收本科生80余人,次年招收预科生40余人。1921年,四师本、预科发展到6个班,学生220余人。到四师读书的学生,除原宁国府管辖的宣城、郎溪、广德、宁国、旌德、泾县6县外,还有来自寿县、当涂、繁昌、南陵、含山、和县、巢县、桐城、怀宁等省内其他各县的学生。

梅大栋的老家在旌德三都梅村(今宣城市旌德县版书镇龙川村)。龙川为何有时又称三都呢?是因为历史上从宋代开始,旌德全县按照山川走势,自南而北、自北而西地划分为二十二个都,县城向西南江坑村(二都)翻越枣树岭十多里范围内为三都,包括清正村(外三都)、旌阳镇新庄(下三都)、龙川(里三都),这称呼一直沿用到清朝,所以广称三都,梅大栋的祖辈都生活在里三都。他8岁读私塾,12岁进龙川改良小学,1915年考入县城凫山书院(初中)。1918年秋,虚岁20的梅大栋考入了四师。

从旌德到宣城,虽然地理位置上相隔并不远,但梅大栋这个山村青年还是感受到了某种不一样的精神力量,让他睁大了双眼重新审视与思考自己所处的时代。这或许与宣城这个地方有关。

辛亥革命后,新文化运动逐步兴起,1915年9月,陈独秀在上海创办《青年杂志》(从第二卷起改称《新青年》)。《新青年》周围聚集了一批新文化人，他们高举民主和科学的大旗，向传统的思想、道德和文化宣战，掀起了新文化运动的狂飙。而在这一股风潮中，皖人，皖南人，宣城人，可谓一直深度参与其中。辛亥革命前后，与旌德县相邻的绩溪县人汪孟邹在芜湖长街徽州码头开设了芜湖科学图书社，该社以经销反映新文化和马克思主义的书报杂志而著名，如《安徽俗话报》《新潮》《每周评论》《建设杂志》《新青年》等，经常将这些刊物邮寄到邻近的宣城、绩溪、旌德等地，使当地青年受到新文化的熏陶。其时，到外地求学的有王稼祥、胡适等人，他们不断受到新文化、新思潮的感召，并利用暑假返乡或亲友书信来往之机，将新潮思想逐步介绍到当时还比较闭塞的家乡。

从梅大栋的家乡梅村到胡适的老家绩溪上庄不到三十公里，而且，胡适的妻子江冬秀就是旌德江村人。因此，每当梅大栋和母亲一起在田野里劳作时，经常会有关于胡适的消息从官道上传来。

比如，胡适砸庙的故事，因为皖南山区过去受程朱理学影响较深，信神拜佛的人也很多，绩溪有许多供着神佛的庙宇，有无神论思想的少年胡适领着小伙伴带头砸毁了村旁供奉罗汉菩萨的庙宇，这给闭塞的山乡以不小的震动。后来，胡适赴美留学，获得哥伦比亚大学哲学博士学位。1917 年，胡适应北京大学文科学长陈独秀之邀，任北京大学教授，和陈独秀一起创办《每周评论》，大力宣传新文化，时人称二人为“陈胡”，成为五四新文化运动的倡导者和风云人物。对宣城新文化运动发展产生重大影响的人物，除胡适外，还有一些人，如汪孟邹的侄子汪原放，他用新式标点整理出版了《水浒传》《红楼梦》《儒林外史》《镜花缘》等古典小说，为新文化运动的发展起到了把薪助火的作用。

1919 年 5 月 4 日,北京十几所学校的学生 3000 多人齐集在天安门前示威,喊出了“外争主权、内除国贼”“废除二十一条”等口号。北京学生们的声音传到了皖南,立即在宣城大地掀起了一场声势浩大的反帝爱国运动。在皖南,芜湖率先动了起来,5 月 7 日,芜湖的知识界和学生界在王肖山、高语罕等人组织下,成立了芜湖市学生联合会,会长何其巩,副会长马仁寿、蒋光慈。5 月 9 日,高语罕到宣城,帮助筹建宣城学生联合会。5 月 20 日,在宣城四师召开了学生代表会议,参加会议的有 40 多人,其中就有梅大栋。这次会议决定,成立宣城学生联合会,广泛开展宣传,抵制日货。

1919 年 5 月 29 日,宣城各校组织老师、学生到城关东门外校阅场召开大会,到会师生 1000 多人。游行示威的队伍高喊着“打倒日本帝国主义”“拒绝和约签字”的口号,发通电,散传单,贴标语,画漫画,这空前的声势让梅大栋激动不已,也让他深深地意识到青年的力量、爱国的力量和团结的力量。

随着学生运动的发展,宣城掀起了轰轰烈烈的抵制日货运动。学联一方面发动各校学生将自己所用的日货销毁;另一方面组织学生上街,边宣传,边检查日货。城关原有的店员公会、运输公会、农林公会等各行业公会,成立了宣城各界抗日联合会,积极配合学生们的行动,他们主动将日货的招牌商标、包装式样向学生们介绍,协助学生登记封存日货,轮船上的水手以及运输工人将他们查出来的改换了商标和包装的日货,主动送交学联或各界抗日联合会。5 月下旬,学联将查抄、没收来的日货,先后两次在东门校阅场集中销毁。

被焚烧的日货，化成阵阵浓烟升腾在宣城的上空，那宏大的气势仿佛热血青年们写下的革命宣言。

梅大栋的心中也升腾着一股要改变这世界的豪情，同时他有些迷惘：面对着落后的祖国，我们要做什么？我们能做什么？我们该怎么做？

在恽代英来四师之前，四师刚刚经历过几场激烈的“易长择师”的斗争。

1920年春天，宣城四师的校长张和声（省议会议员）因干涉学生的爱国行动、克扣学生伙食费、贪污毕业班学生的参观经费，引起了学生们的强烈不满。时值学生毕业考试期间，学生们向省教育厅抗议，以全体罢考相威胁，提出若不查办，就不参加毕业考试。

不料督考朱似愚（宣城省立八中校长）与张和声勾结，致电省教育厅说，毕业班学生在沪宁参观期间，受了过激党的鼓动，借故罢考，企图暴动，形势紧危，请电令地方军政派员督饬学生参加毕业考试而防暴动。

教育厅厅长董家会于是复电宣城县知事，勒令学生参加考试。县知事坐了四乘大轿前呼后拥到了四师，但他没想到，毕业班30余名学生横卧于校门口，将大门堵住，知事不能入内，被迫返回。此时学校风潮暴发，督考朱似愚、校长张和声被打。于是地方军政邦统派军警到校逮捕学生，学生又与军警发生冲突，结果学生被迫由级长王鼎元（又名王仲新）、盛学义率领到县衙门投案自首。毕业班学生39人被关押48天,其中,8名学生被开除,31人放回学校参加毕业考试。王鼎元被开除后押回原籍,严加管束。王回到泾县后,得到了地方教育当局的帮助,不到10天即恢复自由。王随即赴当时安徽省省会安庆向省长控告张和声,同时向安庆地方法院起诉,接着又向省学联会请求援助。经过斗争,省教育厅被迫于暑假后撤掉张和声的校长职务,被开除的8名学生一律补发文凭,同时还答应了学生们提出的一些其他要求。

张和声被撤职后,省教育厅新任命的校长是军人出身的杭克俨。四师的学生运动让省教育厅感到,不能任由学生们闹下去,应该用更强硬手腕来压制学生,杭克俨的军阀势力显然是可以利用的。学生们得知这一消息后,极为愤慨,立即又掀起了"拒杭"运动,并通电全省、全国。

1920年10月21日,急欲当上宣城四师校长的杭克俨由宣城县知事保驾护卫,强行进入学校,想造成既成事实。杭克俨低估了四师学生们的勇气与力量,愤怒的学生们将杭克俨扣了起来,交给童子军管理。这一下,事情闹大了,省里被迫让步,杭克俨这才被放了出来。

"拒杭"的影响力波及全省、全国,因1920年10月21日是民国九年农历九月初九,所以这一场运动被当时人称为"三九"运动。

"拒杭"之后,省教育厅又改派宣城县知事江是坪代理宣城四师校长。学生们认为江是坪是典型的旧官僚,一致反对由江代职,并向社会各界呼吁,请求声援。因为有了前两次的教训,江是坪不得不放弃代职。11月,省教育厅任命宣城四师教员章伯钧任校长,这才平息了学生们的不满情绪。

宣城四师学生开展的“易长”运动，三次均获胜利，大大鼓舞了学生们的革命斗志，当时人们称赞宣城四师学生是“示范生，不是稀饭生”。

三　“大家管我叫代英好了”

章伯钧到任后，下大气力抓校风建设和管理，添置教学设备，购买仪器、图书、标本，建立科学教室，尤其是聘请恽代英到校任教这一举措更是让学生们欢欣不已。

恽代英在宣城四师任教务主任，兼授国文和修身课，任务不可谓不重，但梅大栋发现，这个代英身上好像有使不完的劲。多年以后，当时的学生们回忆起恽代英来还饱含着深情，其中一位叫郑维辅的学生撰文写道：

> 当校长章伯钧在专为欢迎恽先生而召开的会上，把恽先生介绍给我们之后，恽先生随即走上讲台，拿起粉笔，转身在黑板上写下“恽代英”三个大字，他对我们说：“我姓恽，从现在起，大家管我叫代英好了。”接着，便滔滔不绝地讲了许多革命道理，给青年们指出努力的方向：应该向社会学习，肩负起战胜黑暗、创造光明的重任。他讲得深入浅出，生动活泼，使同学们感到振奋。
>
> ……

恽先生这样开明素朴，平易近人，立即在我们心目中显出高大新奇的形象，把大家吸引住了。

从这次见面以后，同学们经常和恽先生接近，受他感染，就像冲出牢笼的小鸟一样，视野开阔，思想活跃起来。大家真的亲切而尊敬地叫恽先生为代英，心里有什么话，都乐于和他谈，恽先生总是耐心细致地给予教导和帮助。

……

当时师范学校虽是膳宿书费免费，但仍有些家境贫寒的同学，平时理发、缝补、添置鞋袜等支出无法应付。凡有告知恽先生者，恽先生总是习惯性地拉开书桌左首抽屉说："你需要多少，自己拿吧。"而恽先生自己，生活极其俭约，一卷薄薄的行李、一只兼作洗脸洗脚之用的木盆、一把雨伞、一包换洗衣裳，这些就是他身边的长物。

有一回，他领着十几个同学到省城安庆去开会。在去芜湖乘船的路上，天正下雨，恽先生脱掉了鞋子，夹在腋下。走了一段路，发现鞋子失落了一只，他索性把另一只也扔了，光着脚有说有笑地走上了轮船。

恽先生常用明信片写信，省了信纸、信封和邮资。明信片上除了收信地址和姓名一栏外，凡是空白处都密密麻麻地写满了蝇头小楷。我们问他："你把革命道理写得明明白白，不怕别人检查出事吗？"他笑着回答说："那班蠢猪（指当时的信件检查者）是不会耐心看的，真的让他们看了倒很好。"还说，"我讲的是真理，是宣传革命的真理，要人冲破黑暗，寻求光明，正当的呼声有什么可怕的呢？”

恽先生名义上是我们的修身课老师，实际上他讲的尽是革命道理。他常自编教材，油印发给大家。记得有这样两篇文章，一篇是《青年人怎样战胜社会的引诱和逼迫?》，另一篇是《怎样对待家庭?》。他还常常在课外和假日，在布告处贴上他将举行讲座的时间和地点，他的讲座上总是挤得满满的，连窗外阳台边也站满了人。他教育我们，青年人要有胆识，要有摧毁旧思想、旧制度束缚的勇气，要善于学习，敢于斗争。他还系统地讲过美国著名学者杜威的《明日之学校》，一再鼓励我们，光明的前途必然会在青年一代手中创造出来。

恽先生很重视组织青年。他经常教导我们，只要组织起来，斗争就有力量。不久，同学们中出现了不少小团体，郑维辅参加的是求实领导的“互治学会”，每天上早操、写日记、自修，熄灯前后交流一日心得，彼此交换意见，互相督促，互相帮助。假日还上街参加宣传抵制日货、打倒列强的活动。恽先生也常和我们一起活动，当我们化装后在街头演讲时，他与我们一道，掮着长凳，擎着小旗，呼喊着口号。

1921 年 5 月 9 日国耻纪念日，全宣城县的中学生都上街游行，检查日货。在一家叫“庆庆”的大绸布店，搜查到一些东洋绸布，同学们极为愤慨，便拿着绸布卷，蘸上火油，点起火炬游行，沿途还砸了一些贩卖日货的招贴广告，全城人莫不拍手称快。

在一份 1921 年 1 月 15 日发行的《少年中国》第二卷第七期

《会员消息》一栏中,有这样一行消息:

> 恽代英　他到安徽宣城第四师范去了,暂在那里担任教务主任兼教修身、英文。

这一消息用的是纯口语化的语言,然而今天读起来,却别有一种引人遐思的诗歌的意味。在那样一个火热的年代,也许,一切新生的思潮都天然地带有诗歌的意味,因为,那是一种新思想的激荡。

梅大栋就深深地浸润在这样一种诗意中。

1921年元旦,他在日记中写下一大段文字:

> 今日我校门上的国旗随风飘舞着,天空中的雨蒙蒙地下着。同学们都欣欣然地说着:“过新年呵,过新年呵!”我就不由得感慨起来,说:“新年呀,你又来了么?你为何钟情于我们?我记得与你匆匆地别了多次,多怠慢了你,多辜负了你,你尚不见怪我。我自己想起来心中非常酸楚,实在觉得对不住你。新年呀,现在我觉晓你的用意了。你的宽容是无限的,但是我的光阴是有限的,若一误再误,那就不得了了。从前的我,还在睡觉的时代,到了今天已惊醒了。今天我的感想有两种,一种是叹息以往,二种是图谋将来。叹已往之不可谏,知来者犹可以追。你能许我吗?我从今以后不做沉睡的人了,从此自新了。过往沉睡的我,也从此扑杀了并要捉拿今日欲

新的我，禅让明日的新我，尚不止以今日的我杀今日沉睡的我，还要拿今日的我，追杀来日沉睡的我……

在这样一个觉醒年代里，“欲新”的梅大栋，从此正式投入了激情四射的革命活动中。

四　满腔的热血已经沸腾

在四师，梅大栋积极参加了多个学生团体，如“学生自治会”和“新进步社”。这些进步社团多在恽代英的指导下开展各种活动。

每天晚饭后，恽代英便准时来到操场上（阴雨天，则改为校舍的廊檐下或房间里）和同学们交流。小小的四师校园内，一下子涌现出了多个学生团体，“我社”“觉社”“爱智社”“新群社”“互助社”等。各社的社员都是班上优秀的肯上进的学生。社员平时活动：每天写日记，将读书心得和阅读报纸的感想写成笔记。恽代英介绍社员们阅读《共产党宣言》《资本论》《剩余价值》等书。在操场这个露天“会议室”，各社轮流推定专人做读书心得和阅读报纸感想的报告，彼此交换阅读日记，将对某一学科提出来的疑难问题进行研究，如不能解决，再请教老师。

在这样的氛围中，争论是常有的，碰撞也是必然的，更不乏恳切的自我批评与热忱的自我教育。

一位叫何得霖的同学，一次在会上说，我父亲是铜匠，以前我填表格时，总把我父亲的身份写为“士”。因为我认为做手工业的父亲有失儿子的体面。我无聊,应该加强道德修养。

还有位叫俞学荣的同学检讨说,以前我父亲来学校看我,或放假来替我挑行李,我在同学们面前不敢承认他是自己的父亲,而说是家里雇工。

读梅大栋1921年的日记可以发现,他是这个“操场会谈”的积极参与者。在与同校同学的交流中,他与同为互治会会员的李求实同学过从甚密,他们不仅面谈,还互相看彼此的读书笔记和信件等。

在4月1日的日记中,梅大栋写道:

下午因数日前与诸同志提倡结一小团体,互相助治。今日三时开筹备会,发起者数十人,将章约拟定,定名互治。于下星期开成立会,实行各会员各备草册,一记一周修养读书之得失,在开会时报告以就矫正。自今日始,下星期四开会报告。傍晚时看某寄代英的信,中有求实的一封。求实即互治会会员之一。中讨论者是说话和如何读书。信很长,总有千数百字。大意说,会说话是肯用思想,不会说话是不能思想。读书也要随读随想。代英说过,不然虽是将书读得顺熟也是白白的。即孔子所说的,学而不思则罔。想想是很有道理的。我看罢也得益处。并说求实是脱离家庭的人,要努力去做求实的功夫,不要做到反面去了,惹人好笑。这真不错,真算是好友如兄弟,无事不可以规劝。

“这真不错，真算是好友如兄弟。”多年以后，读着泛黄的纸页上的这句话，你还可以想见当年梅大栋找到同路人时的那种欣喜的情状。

在4月8日的日记中，梅大栋又专门记述了与李求实的谈话：

和求实的谈话。

他问我的家庭如何，我说倒很能自由。再问我的目的如何，我说：“我倒没有确定的目的，尽力做去，能够达到什么地方再说。”他又说：“这初级师范是为造就小学教师而设的，你们当师范生的不应该想升学，只要卒业后在地方上服务。”这话很对。我的意思也不过如此，将来想做点教育事业。

恽代英在这样的公众场合总是竭力宣传新文化、新思想，传播马克思主义。他的身上有一种神奇的魅力，学生们总是喜欢围着他转，他的一言一行都被学生们记录了下来。

比如，恽代英极力推行教育改革：“我主张的教育与现在教育之章程不同。我所主张的教育，教出来的学生能自动自做”，而“现在的教育，只是秉从古以来的养成书篓的宗旨，给学生许多片断浮薄的知识”，“将来最大的成就，只是姓张的学生，能够做刮地皮的官僚；姓李的学生，能够做杀人的资本家”。恽代英愤怒地指出，这种教育是“没有希望的”。

这样的活动，一直到天全部黑下来后还在进行。那时，宣城城区不远处的敬亭山上，李白笔下唐时的孤云早已隐入了星空，谢朓楼上亮起了零落的夜灯。而这些年轻的学子在这个偏远的地方，内心想着的，是比谢朓、李白要大得多的世界和大得多的抱负。

从梅大栋留下的《1921年日记》中可以发现，他和恽代英的接触是非常密切的，日记中几乎每天都记载着他与恽代英交流的情况。

梅大栋经常到恽代英的宿舍。恽代英的朴素生活让梅大栋印象深刻。恽代英穿的是一件布袍子，长仅盖膝，袖口很大。脚上穿的是布鞋和普通农民所穿的粗纱袜子，扎脚用的是农村妇女所用的鸡肠带子。他宿舍里的陈设也简单，床上铺的被褥是粗布做的里衬，书桌上摆着几本中西文书。除戴了一副近视眼镜和一只手表，他的身上没有其他装饰。恽代英星期日喜欢和同学们一道去农村玩，他是最爱农村的，不仅因为农村民风淳朴，景物清新，而且他常说，劳动人民是最可爱的。

恽代英生活如此朴素，并不是由于经济困难。相反，他应该算是比较富裕的。那时在四师教书，每月工资八十元，连稿费及翻译外文书籍的费用，他每年约有两千元收入。有时新出版的英文书籍，他还没有看到书，商务印书馆、中华书局就把他译书的稿费寄来了。辛苦所得的报酬，他悉用之于办学校、开书店、救济贫苦学生等。

恽代英还极重视规约和纪律，当时学生自治会制定的规约中有一条：凡是未经学校准许，在校外宿一夜者斥令退学。梅大栋的一位同学，他是宣城人，担任了学生会某部长职务。一天，他有几个老乡为办选举事来宣城，住在一家旅馆里，这位同学去看他们，回来晚了,学校大门上了锁,不能回校。第二天向学校请假,学校没有准假,于是学生会召集同学们开大会。大家都不愿说话,沉默了好长时间。恽代英来了,他说:“公约是大家制定的,为了维持学校纪律,搞好学生自治会工作,大家都应该遵守公约。某同学身为学生会部长,更应该照公约上所规定的去办理。我们不能说他做了这件事就是坏学生,他离开学校,转了一个环境,他本身得到了一个深刻的教训,变好了;学校里同学自他走后,更能服从公约,遵守纪律,学校也变好了。坏事就变成了好事。”这位同学离校后,经恽代英介绍转到芜湖某中学读书。这样一来,同学们更加遵守纪律了。

1921 年 5 月 3 日,四师来了两位不同寻常的外国人。

这是两位来自朝鲜的流亡人士,他们的服装很华丽,中国话也说得很好。在为他们举办的演讲会上,两位流亡人士介绍了日本侵略朝鲜的情况,他们告诉大家日本人是怎么样虐待他们的,怎么样将无辜的老百姓随意抓了去严刑拷打,怎么样用钢针钉进爱国志士的十个指头里去等。

这应该是一次很好的爱国主义教育,然而,不知道那两位流亡人士是一路走来说得太多了,有点儿麻木了,还是压根儿就没有亲历感受,他们说得虽流畅,却几无表情,大家感觉不到沉痛的心情。

恽代英看到这种情况,便上台补充演讲,他说:“要从沦亡中解放出来,只是自力更生,不奋发图强,不求救于他国是不行的。现在中国自救不暇,能救得了你们吗?”继而,他慷慨陈词,从多个方面剖析了朝鲜和中国的国情,说得全场寂静无声。结合一部分学生只知埋头读死书，不问国家大事，以及一些同学出现颓废堕落的倾向，他声色俱厉地说："中国已经走到了亡国的边沿了，而三十岁以上的人，对国事都漠不关心、视若无睹，贪官污吏和豪绅们只知道争权夺利，鱼肉乡民。他们不是人吗？他们不是中国国民的一分子吗？"

关于这件事，梅大栋在其日记里是这样记叙的：

> 今天有两位朝鲜热心爱国志士到我们学校里宣言独立宗旨：1. 报国家的仇；2. 雪祖国的恨。并报告其立国有四千两百余年，人民称两千万。初日人借帮助名义在那建筑铁路，订通商口岸，迨终尽辖财政权，以次蹂躏。人民痛苦至极，至人民家中畜鸡猫等都要赋税，并且一切很好的屋尽归日人。致亡成三年前的独立运动，以无兵器怕只能徒手示威。日海陆军相围致死三万同胞，捉去二万人，以后被遭死四万人。次报告决意在四月内脱离日本独立。我校代英讲演。言"五四"在明日，不能自助何能助朝鲜。其言良久，悲痛已极，余至泪。次晚，送彼二人出校。情至真切，余更觉难过。

1921 年初，恽代英还应安徽省立五中校长刘希平的邀请，分别到芜湖省立五中和芜湖二农给师生们做演讲。他在演讲中指出，只有打倒帝国主义、打倒军阀、取消不平等条约，才能求得中国的彻底解放。在芜湖，恽代英结识了刘希平、沈泽民、高语罕等人，并和他们结下了深厚友谊。恽代英离开芜湖前夕，"和含学会"的《会刊》创刊，约请恽代英为《会刊》写一篇序言，这个“和含学会”和《和含学会会刊》分别是当时和县、含山两县在芜湖读书的进步青年学生的组织和刊物。恽代英在序言里恳切地希望这个组织要“少做场面上的事，多做骨子里的事。少做扎空架子的事，多做切实的事。少做与人捣蛋的事，多做改进自己改进团体的事”，并勉励“和含学会”为改造社会而努力。

恽代英思想的光芒闪耀在四师。在四师任教期间，他除进行教学和革命实践外，还写了许多文章，并翻译马列经典著作。他利用教学之余，翻译了恩格斯的《家庭、私有制和国家的起源》部分章节，在《东方杂志》上发表；他还受《新青年》委托翻译了考茨基的《阶级斗争》，这本书正确地阐述了马克思的阶级斗争学说，对当时进步知识分子产生深刻的影响。1936 年，毛泽东同志在延安窑洞里与美国记者埃德加·斯诺谈话时回忆说：“有三本书特别深刻地铭刻在我的心中，建立起我对马克思主义的信仰。”恽代英翻译的这本《阶级斗争》就是这三本书之一。

宣城县外，有一条有名的河流叫宛溪，一次，四师学生“互治学会”举办郊游活动，恽代英受邀后欣然参加。大家一路走一路交流，到了一处河滩边。这里临溪傍山，滩水不歇地流淌着，发出訇訇的声音。大家便坐在溪边的鹅卵石上，对着这一片清新的景致，进行着热烈的讨论。

这时，有学生对恽代英说，代英，今天你教我们唱支新歌吧。

恽代英点头说，河水汤汤，草木繁盛，嗯，是个唱歌子的好日子，要唱啊，我们就唱《国际歌》吧。

大家齐声鼓掌。

恽代英便边讲解边领唱,几遍以后,学生们就把歌子学会了。

起来,饥寒交迫的奴隶,
起来,全世界受苦的人。
满腔的热血已经沸腾,
要为真理而斗争。
旧世界打个落花流水,
奴隶们,起来,起来,
不要说我们一无所有,
我们要做天下的主人。
这是最后的斗争,
团结起来到明天,
英特纳雄耐尔就一定要实现。
……

那昂扬的歌声伴随着流水声,回响在每一个青年的心空。是啊,因为接受了新思想的洗礼,他们"满腔的热血已经沸腾"。

五　一次特殊的旅行

恽代英在四师的一系列活动与言辞,触犯了当地一些所谓的"狂士名士"以及地方旧势力的利益,于是他们处处排挤和攻击恽代英。

1921 年春，在宁国府属六县学生联合会成立大会上，各县代表要恽代英做演讲。恽代英在演讲时号召青年要努力学习，他说，如果你们不好好学习，思想就不能进步，还未到三四十岁，就会像个老头子那样，老态龙钟，那就该死。这话传到了地方土豪劣绅们那里，他们就此大加歪曲，向省教育厅控告说，恽代英说人到三四十岁就该死。这个拙劣的借口当然无法让教育厅对恽代英下手。

不久，土豪劣绅们终于找到了一个“把柄”。

1921 年 5 月 4 日，四师在恽代英的主持下，召开了五四纪念会。在会上，陈治平同学做了演讲。他说，卖国贼要打，对于学校中不负责任的教师也要打。5 月 5 日，学校教员童秀芳、王啸虎等 6 人以此为由，说恽代英教唆学生们打老师，联名向学校提出辞职，给负责教务工作的恽代英施加压力。

6 名教师集体辞职确实事关重大，学校连夜开会，不得不维持现状。这件事的处理，梅大栋在 5 月 5 日的日记中做了记录：“陈治平即向自治会退学，而自治会又以事关全体信用，乃归学校处理，以后始允上课。唯至今日又未上课，复开会，校长报告内幕，将治平除学籍，言明日照常上课。”

这件事的矛头实际上是指向恽代英的。接着，宣城各机关和士绅们又联名给安徽督军张文生发去了一则长四百多字的电报，说恽代英是过激党，在宣城宣传赤化。四师得到消息，当然是很震惊的，恽代英却对这些攻击与诬蔑置之一笑。他在 6 月 9 日致杨效春的信中说：“正如家菊所谓‘立言只求针砭现状，各方对我都感些酸甜苦辣的混合味。欲怨不能,欲爱又不愿。'……如此而已。"

学校为了恽代英的事,正在紧张地磋商对策,而恽代英自己却带了几个同学到离城三十多里外的孙家埠一带做社会调查去了。

不久,上海的《申报》和《新闻报》登载了一则新闻,内载恽代英先生是少年中国学会会员,是一名爱国志士,学问渊博品德优良等。因那时正是五四运动以后,社会上民气正旺,当道的军阀们多少有点顾忌,因此,军阀张文生对宣城豪绅的上告置之未理。

虽然当局不敢拿恽代英怎么样,但处在这样一堆人中,恽代英的心情也可想而知,他有时甚至也会生发一种迷惘的情绪。他在致王光祈的信中说,他感到这里的"同事之中,理想、志愿、知识、品格各不同"。在4月29日致沈泽民、高语罕的信中,恽代英更明确地说:"我对于现在的教育,真有说不完的牢骚""我敏锐地感觉,深刻地观察,已令我感到无量的痛苦"。6月9日在致杨效春的信中又说:"至于这种教育界,无论是宣城还是别处,我只认为饭碗主义的结合,久未曾把他当作教育","所以他们贻害第二代的人"。

郁闷至极中,恽代英草写了一首诗《一刹那的感想》:

昨天蓦然地想起来,这魂魄还不曾有个地方安放。

这飘零的生活,令心中每觉怅惘。

我待要不努力,眼看见许多天使样的少年,一个个像我一样的堕入劫障。

是我对不住人类么?是人类对不住我么?

我愉快的灵魂,亦似乎感觉痛苦了。这似乎是我听见了我灵魂的哀唱。

我知道我应该努力,但我应该有更合宜的努力地方。

长铁归来乎!何处是我的家乡?

令我这一颗柔软的心儿,永远的这样系思怀想!

从中可以看得出来,这个时候,恽代英已经隐隐萌生了去意,他觉得自己应该去做更有意义的事。“只是我看这种教育,实在看不上眼。我总像不能为同学们做点有益的真事。所以我想在这里,虽然又赚了钱,又读了书,总觉对不住这几个钱,对不住社会。”

1921 年 6 月,放暑假了,恽代英去意已定。但他想利用暑假这段时间,带领几位先进学生再去做一次社会实践,算是最后的教学,这便有了一次黄山行游。

他们的行程原本是定于 6 月 16 日起程的,但这一天,宣城下大雨,那也是皖南一带每年发端午水的季节。这一天的 6 点钟,梅大栋就起床了,大雨一直下,他看了会儿书,但终究坐不住,便和同学们去校外河边观看洪水。洪水已经将东城外的大操场淹没了两尺余,居民用小划船横行其中。这么大的雨肯定是去不成黄山了。梅大栋有些遗憾,这一行动计划会不会就此搁浅呢?下午的时候,他去找恽代英。

恽代英表态说,今天走不了,明天一定得走。他手一挥说,虽雨必行。

6 月 17 日一早,雨停了。恽代英、吴华梓、王燕达、何得霖、梅大栋等一行五人于 7 点钟起程。过陆锦铺、双麻铺,吃了早饭再经毕祝铺、杨柳铺,他们一路步行,边走边聊,不但不觉得枯燥,更增加了一股兴致。到杨柳铺时,原先的木桥被大水冲垮了,他们只好乘小船过渡到杨柳铺的街上。这时,雨又下了起来,他们买了伞,又走过高桥、洗马铺,吃午餐,再过古楼铺,又过琴溪桥。琴溪桥是座石桥,但也被大水冲毁了,他们只好又找船过渡。洪水来势凶猛,小小的船只迎着浪头,几欲倾翻,非常危险。这一天,他们走过古楼铺五里桥公亭处的宣泾县界,当晚宿在双坎。

6 月 18 日,"斯晨六时起程,过画眉岭,进食,过晏公堂,又过石山铺,考坎、乌溪,破脚岭至白花,进午膳,过榔桥河、浙溪河,又过马渡桥至三溪镇,巳五时,宿王士镛家,款待周到。过浙溪为旌德北界"。梅大栋日记中所说的"王士镛"即他的四师同学王同年。他们在王同年家逗留了一夜,邀请了当地的进步青年知识分子开了个座谈会,宣传反帝反封建的革命主张,鼓励他们引导穷苦农民起来斗争。

这是非常感人的一夜。可以想象一下,在雨声中,在溪声里,在万山重围的小镇上,在如豆的灯光下,一群青年知识分子围坐在一起,探讨一个民族、一个国家的未来。三溪后来成为旌德革命的源头之一。在七十七年之后的 1998 年,中共旌德县委党史办公室编辑出版的《中共旌德党史大事记(1919—1995)》一书中,特地记下了这一夜,并评价说"在旌德人民中播下了革命的火种"。

从宣城到黄山,如今不过 140 公里的路程,走高速的话,只需一个半小时,而恽代英一行当年却花了 4 天时间,于 6 月 21 日 7 时上山。

计行七里至小补桥(古名卧龙桥)。过桥为汤池浴,半小时入紫云庵饮茶,门额题曰"第一茅蓬",又曰"第一洞天"。寺宇颇广洁,寺外篁条,仰不见天。少进石折,登罗汉级之千余重,三里抵朱砂庵(即慈光寺),坐朱砂峰,面紫云峰。右进石级越险,终止悬崖上,凿石恰容一足,下临无地(即中心坡),过天都峰,上刊"观止"二字,十五里到文殊院进食,颇寒,复行过莲花沟、鳌洞天、阎王壁、狮子林,宿十五里。天海以后为下岭,积石指路颇妙。

6 月 22 日,他们终于登上了始信峰,"白云在脚下十丈如雪,青峰出没于其间,真云海也"。这一天,他们饱览胜景后回到太平县城,又访问了当地的一所高小。在太平(现安徽省黄山市黄山区),他们师生行将分别,吴化梓等随恽代英到九华山、大通一带继续行走。随后,他们在大通再次分成两路,恽代英乘船到南京,参加 6 月 30 日晚在南京高师梅庵举行的少年中国学会南京大会的预备会。

行将告别四师、告别同学,恽代英的思绪不由得激荡起来,他写了三首律诗送给几位同学,并声明"韵考不住":

其一

我生暇日本无多,为爱名山作此游。
凿石悬崖恰容足,攀登绝壁尽开联。
苍茫天游四望阔,绰约奇峰一眼收。
珍重大家健腰脚,终南华岳未全过。

其二

我曾三度上匡庐，如此奇观到处无。
初试汤池水刚热，又看黄海雪平铺。
卓埋幽径人少过，风送深岭有鸟啄。
犹恨未能登绝顶，莲花峰外数天都。

其三

久闻人说黄山好，今日欣登始信峰。
列嶂有心争俊秀，古松无语几能钟。
置身霄汉星辰近，俯目尘寰烟雾封。
到此方知是云海，下藏幽壑几千重。

这天晚上，梅大栋在日记上珍重地抄录了恽代英的诗作。他在想，此一别，不知还能不能见到代英。这种悲伤的离情一直延续到第二天早上他们分别之时，恽代英拍拍他的肩膀说，别担心，我已经写信了，让肖楚女下学期到四师来担任你们的国文课老师。

六　肖楚女来了又走了

1921 年秋冬，四师的校园里还是一派新风，恽代英走了后，这年底，肖楚女来到了四师。

这位出生于湖北汉阳的年轻人，因为幼年在皮鞋店当过学徒，相比于恽代英，他身上更自带一种天然的农工气息。他高高的个子,古铜色的面孔,满口汉口话。他喜欢笑,还没说话就先开口笑了。在生活上他也不拘小节,喜欢抽烟、吃酒、听戏、听唱,他还有一种特殊的本领,就是算盘打得好,能双手同时打,打得又快又准。

就是这样一位年轻人,让四师的同学嘀咕,他能教好国文吗?尤其是在学生们听过恽代英的国文课后。然而,肖楚女在四师的第一堂课就赢得了满堂彩,学生们一下子就喜欢上了他。

肖楚女第一堂国文课选定的课文是韩愈的《原道》。这不仅让同学们吃惊,也让学校内的其他国文教员意外。他的同事、国文教员方百姝当时就想不通:"肖楚女是个闻名的新文化运动的先锋战士,为什么第一节课偏偏要选一篇古文来开讲呢?"因此,在肖楚女上课时,他怀着好奇的心情,偷偷地来到教室外静听,看他怎么样开这头一炮。听了二十多分钟后,方百姝不由得佩服起肖楚女来。原来,肖楚女不是在那里宣传《原道》,而是在批驳《原道》中的迂腐观点,他讲得论据充分,有声有色,听课的同学们不断地点头表示信服。

当天晚上,方百姝特意到肖楚女的房间里去讨教:"为什么要选这篇文章?为什么要这样去教?"肖楚女说:"师范生大都是从私塾过来的,他们都念过《古文观止》,一定学过《原道》,所受的影响一定很深,因此,必须把《原道》中的错误思想加以扫除,才便于他们接受新的东西。"

肖楚女一炮打响后,很快吸引了很多学生前来听课。每当他上课时,教室里总是"客满"。由于他讲课生动、有说服力,其他一些班级的学生也要求听他的课,因此,学校总是将他的课安排在下午的3点到4点,以便满足学生们的要求。

肖楚女上课时,还特别提倡写作用语体文,反对使用文言文。他极力鼓励同学,除读新的刊物外,多读中国古典小说,如《水浒传》《红楼梦》《儒林外史》等,他说这些都是中国最好的作品。在梅大栋1921年的日记中,我们可以发现,他在肖楚女的影响下,除了阅读革命书籍外,还在不间断地阅读各类文学书籍,既有中国传统小说,又有现代小说与现代诗歌等,他甚至还学着作起新诗来了。在9月5日的日记里,他见到两只小麻雀从瓦檐上掉下来,便触景生情地写道:

> 一刹那——掉下一个来,
> 似悲似哀的好像叫我救他,
> 我便托章君来扶起你,
> 你硬着喉咽说道:
> "我不愿意在这龌龊污秽的世界里生活着,
> 从此永别了。"
> 未过多时,那一个又掉下来了,
> 他说:"我不愿人来救我,我愿殉我
> 亲爱的朋友。"
>
> 唉,他俩人慷慨的别了这文明世界
> 去创造他俩的新世界,新自由世界
> 可怜,这两只小麻雀

就从斯分别了。

不知这首新诗,梅大栋有没有给他的国文老师肖楚女看过,如果看了,也不知肖楚女会给这首新诗打几分,想必分数不会低,评价不会差,因为肖楚女是最会鼓励学生的。为了激励学生上进,肖楚女结合课文经常向学生讲北宋时期大政治家范仲淹刻苦求学的故事。范仲淹幼时家境贫寒,但少怀壮志,为了练就文才武功,他将两升米熬成粥汤,隔夜凝成块,用刀分成四块,每天早晚各取两块充饥。生活如此清苦,他却从不荒废学业,以至于后来成了著名的政治家和文学家。肖楚女说,古人尚能"断粥身功",你们岂能惧怕困难而无所作为?

肖楚女极善言辞,会做说服工作,当时四师学生的各社会组织之间以及有的组织内部意见常不一致,有时甚至发生口角,进而闹到动武械斗,此时没有哪位教员能劝开双方。这时候,大家总是喊,请肖先生来。肖楚女一到,三言两语,很快就能说服双方,平息争斗,最后让双方重归于好。

有肖楚女这样一批先进教员的支持,四师的互治会等学生团体的各项活动一直正常开展,读书会也是常有的。这年的11月10日上午,四师就举办了一场高水平的读书会。这个会是由杨效春先生发起的,这天专门请了肖楚女来做演讲,肖的演讲题目是《社会主义与革命》。肖楚女演讲后,杨效春又做了即兴发言。他对学生们说,我们学校革命已经实行了,我们要再进行人格革命。他又发了一份油印资料,叫作"怎样联络家庭",后又发起"黎明会",当场推选吴华梓等三人为互治会临时干事。

转眼到了1922年的春天，四师校园里的紫藤花开了，鳌峰山上的树木一片葱茏。由于恽代英与肖楚女的引导，再加上广泛地阅读进步书籍，梅大栋觉得自己的灵魂发生了“化学反应”，他感觉到自己的全身像冬天的炭火一样烫。之前关于人生的思考似乎有了答案，他的视野一下子打开了，不再如在家乡三都被群山围困，而是如登临山顶。他隐隐预感到，一个大的时代正在到来，而他必须参与其中，成为推进革命的一员。

一个夜晚，在春天草木的蓬勃气息里，四师的几位同学神情严肃，他们秘密地成立了一个组织——宣城四师社会主义青年团小组（当时团的名称是社会主义青年团，1925年，青年团的二大决定改名为共产主义青年团），这是由吴华梓牵头组织的，成员有梅大栋、李延瑞（李紫翔）、卢春山、曹国云、曹重堪（曹宣天）等人，当时团组织的主要任务是领导学校各社团的工作，健全、发展自身组织。这也是宣城第一个团的组织。吴华梓任团书记，团的具体工作由他与在武汉的李求实、林育南联系。

然而，到了1922年的夏天，形势变得不同了。恽代英与肖楚女在宣城和芜湖的活动，引起了芜湖镇守使马联甲的恐慌，他急忙免掉了章伯钧的校长职务，也迫使肖楚女于暑假时离开了宣城四师。接替章伯钧任校长的是李康源，这遭到了留校学生的群起反对。因当时正值暑假，学生回家的多，整体力量薄弱。李康源趁机反过来诬告吴华梓等几个领头的同学宣传赤化，鼓动学潮。宣城县当局立即将吴华梓和李延瑞等逮捕关进监狱，留校的学生只数十人，虽全力营救,但均告无效。

吴华梓等被捕后,团的组织无领导,加上成立时间短、组织机构不健全、基础不牢固,很快就自行解散了,而之前,在恽代英和肖楚女等指导下成立的各个社团也受到影响先后解散了。

社团解散了,但学潮未停,最终致使校长辞职,而宣城四师也暂时停办了。

1922 年冬天的这个清晨显得格外寒冷,知交半零落,同学星散去,校园里一片死寂,落光了树叶的大树,伸出光秃秃的枝丫,在空旷的操场边独立无言。

梅大栋特意将恽代英留给自己的《共产党宣言》等几本书以及《新青年》等包裹在行李中间,背上包袱,走出了四师的大门,他准备回到旌德三都梅村的老家。临行,他再次回望了一眼熟悉的校园。

2022 年 6 月 12 日,笔者也来到了当年的四师,几经更替,如今,这里已经更名为宣城市第六中学,已是当地有名的一所初中。天上下着细雨,打湿了校园里的香樟树、冬青树、桂花树,还有栀子花树,空气清新,暗香浮动。据介绍,为纪念恽代英与肖楚女在四师的革命生涯,当地政府在校园里为他们二人塑了一尊铜雕,笔者便在细雨中来寻访他们。可是,绕着校园走了一圈,也没有发现雕像,便一路找人打听。问一位清洁工老人,他说着一口本地方言,说不知道;又拦住一位穿运动装的小伙子,他说自己是来学校篮球馆打比赛的,也不知道这回事。这让笔者有些失望,最后拦住一位初中学生模样的,他指着左前方说,在那里,花圃中间。果然,在芳草萋萋处，长条石基座上，肖楚女与恽代英一坐一站，二人皆着长衫、戴眼镜，雨水打在他们的身上，呈现一种很凝重的灰黑色。他们望着远方，坐者手执书卷，似在思考，立者伸开左手，似在演说。笔者在塑像前站立良久，猜想，当年梅大栋离开四师，回望校园最后一眼时，他的眼前会不会出现两位老师的身影，一如眼前的这两尊雕像？

梅大栋要仿效老师恽代英，全靠脚力徒步回家。一路上，他想好了，他就在老家村子里办学校、教书。当然，此时所谓的“教书”和他之前理解的“教书”已经不是一回事了，他要向山坳里的乡民们传播的是全新的知识和思想。他越走越热，突然回忆起上一年的春天，代英教他们唱《国际歌》的情景，那场景宛在眼前，那曲调还回旋在耳边，他在心底里哼了出来，脚下的步伐不由得又加快了些。

第二章　淬炼

一　到“小莫斯科”去

早晨起来,太阳已明晃晃地挂在天空中。已经两个月没有下雨了,梅大栋和乡亲们一样,现在每天早上起床后的第一件事就是观察天空,看看有没有雨云,而今天,又是一个让人绝望的响晴天。

去家门前横皂溪里担水的时候,河水只剩下浅浅的一线了,再干旱下去,恐怕吃水都成问题了。

站在梅村小学的门前,梅大栋异常迷惘,此时他才深刻地体会到恽代英当年在四师时写《一刹那感想的心情》这首诗,是啊:

……

我待要不努力，眼看见许多天使样的少年，一个个像我一样的堕入劫障。

是我对不住人类么？是人类对不住我么？

我愉快的灵魂，亦似乎感觉痛苦了。这似乎是我听见了我灵魂的哀唱。

我知道我应该努力，但我应该有更合宜的努力地方。

长铗归来乎！何处是我的家乡？

令我这一颗柔软的心儿，永远的这样系思怀想！

回到家乡，在村子里当个教书匠，一边开展“革新教育”，一边宣传新思想，这是梅大栋当初的想法。然而，一个学期下来，他感到自己处处碰壁。学校是地方士绅投资办起来的，而梅大栋的教学内容却往往是士绅们极为忌惮的。梅大栋十分热情认真地教课，他不想做一个古板的教书先生，他和学生们一起生活、一起玩耍，教学也往往结合实际。他自己重新编写教材，给学生们讲胡适毁佛的故事，讲为什么会“朱门酒肉臭，路有冻死骨”，讲俄国的十月革命，讲阶级，讲平等，讲现实的中国和可能的中国。梅大栋说的这些让士绅们非常恐慌和仇视，他们一合计，说他在村里“闹鬼”，“不配教书”。1923年的夏天，地方士绅们决定将梅大栋解职。

失去了这份工作不可怕，真正让梅大栋苦闷的是，自己理想中的乡村教育为什么做不下去？他一时看不到出路和希望，他经常给恽代英、李求实、吴华梓等昔日师友写信，通过他们，他得以了解中国革命的新动态。

这天，在休宁万安师范读书的弟弟梅大樑放假回来，他们说好，弟弟要将一些最新的书带给他。

站在村口，一个灵动的身影跑了过来，是大樑。

梅大樑跑得一身大汗，他将哥哥委托自己买的几本书送来了。

梅大栋打量了一眼这个比自己小 11 岁的亲弟弟，有半年没见面了，这小小少年的个子似乎又蹿高了一截。1912 年父亲去世后，这个家就全靠母亲一个人支撑着，自己在外学习的日子里，弟弟就陪伴着母亲，上山耙松毛，下河洗衣服，什么活他都抢着干。大樑的经历和大栋有些相似，不过大樑读书要更早些，6 岁上私塾，12 岁就考入县城凫山小学，1921 年，也考入了省立宣城第四师范学校。随着四师暂时停办，1923 年他转入邻近的休宁万安师范就读。

沿着灰扑扑的山路，兄弟两人一起往家走去。

知了在叫个不停，天地如同蒸笼。村后的牛山火龙岗上突然响起锣鼓声，一群衣衫褴褛的乡民有的身背竹筒，有的持着钢叉，有的头戴柳圈，有的擎着小旗幡，抬着一尊木雕的菩萨，顶着火辣辣的太阳，踩踏着土路上的浮尘，往火龙岗上的一处龙王洞走去。这是当地的祈雨仪式。

“一路过来，看见好几拨祈雨的人了。”大樑说。

梅大栋叹了口气，摇摇头。回家乡后，他做过一些社会调查，就社会信仰来说，本地老百姓除了信奉佛教、道教外，还有一部分人信了天主教和基督教。早在 1908 年，芜湖教区的西班牙神父莘就在本县城西大门内营坎上建立了天主教“圣堂”，并在凫阳、庙首等地设置了七个分堂。几万人的小县，一时竟吸收教徒近600人。这是精神上的压迫。而在物质层面上，则是占农村人口不到20%的地主阶级，凭借着所占有的80%以上的土地，对老百姓进行着残酷的压榨和剥削。

可是，如何才能改变这一现状？如何才能唤醒百姓？

其实，旌德这个地方，历来是不乏领风气之先的人物的。近代以来，在旌德出现了两个非常特别的人物，他们的思想与行迹常让梅大栋陷入深深的思索。

其一是吕碧城。

吕碧城于清光绪九年（1883年）出生在安徽旌德的书香门第，幼儿时期，家道中落，寄居在天津塘沽的舅父家。

1903年，吕碧城想去天津城内探访女子学校，被保守的舅父严词骂阻。年轻气盛的吕碧城一怒之下，下定了不再委曲求全、苟且度日的决心，第二天就逃出家门，只身"逃登火车"，奔赴天津。她不但没有旅费，就连行装也没来得及收拾。

身仅分文、举目无亲的吕碧城在赴津的列车中，幸遇好心人"佛照楼"的老板娘，后者将其带回家中安顿下来。当得知舅父署中方秘书的夫人住在《大公报》社，吕碧城便给方太太写了封长信求助。此信恰巧被《大公报》总经理英敛之看见，英敛之对吕碧城的文采连连称许，亲自前往拜访，问明缘由，对她的胆识甚是赞赏，邀她到报馆内居住，并聘其为《大公报》第一位女编辑。

吕碧城到《大公报》仅仅数月，在报端屡屡发表诗词作品，格律谨严，颇受诗词界前辈的赞许。她又连续撰写鼓励女子解放与宣传女子教育的文章，如《论提倡女学之宗旨》《敬告中国女同胞》《兴女权贵有坚忍之志》等，引起了强烈的社会反响，成为街头巷尾热议的话题。从此，吕碧城在文坛上声名鹊起，走上了独立自主的人生之路。

1904 年到 1908 年，吕碧城借助《大公报》这一阵地，积极地为她的兴女权、倡导妇女解放的主张发表大量的诗词、文章，并由此结识了大批妇女解放运动领袖人物，与秋瑾尤其交好。1904 年 5 月，秋瑾从北京来到天津，慕名拜访吕碧城。两人此番相会不足四天，情同姊妹，定为文字之交。两位新女性间的一段佳话，成就了一段“双侠”的传奇。

1912 年，袁世凯在京登上民国总统宝座，吕碧城凭借与袁世凯的旧交，出任总统府机要秘书，后又担任参政一职。她“雌”心勃勃，欲一展抱负，但黑暗的官场让她心灰意冷，等到 1915 年袁世凯蓄谋称帝野心昭昭时，吕碧城毅然辞官离京，移居上海。她与外商合办贸易，两三年间就积聚起可观的财富。

1918 年，吕碧城前往美国，就读于哥伦比亚大学，攻读文学与美术，兼为上海《时报》特约记者，她将看到的美国之种种情形发回中国，让中国人与她一起看世界。

其二是江亢虎。

江亢虎，祖籍旌德江村，1883 年出生。与他的进士出身但却默默无闻的祖父、父亲不一样，江亢虎 30 岁出头就蜚声中国政坛和文化思想界，是个引人注目的风云人物。

1901 年，18 岁的江亢虎经两江总督刘坤一举荐，作为各地推行

“新政”中的英才,赴日考察政治半年。在日本,江亢虎认真学习了社会学、政治学和欧美近代哲学等方面的知识,因年轻潇洒、天赋过人,他很快便在留日学生中鼎鼎有名,还与赏识他的孙中山先生有了交往。

由于生活不检点,江亢虎致使一个日本女佣怀孕,不得不提前结束在日本的考察,申请回国。在天津,江亢虎受到了时任直隶总督兼北洋大臣袁世凯的召见。袁世凯的召见令江亢虎受宠若惊,殊不知袁世凯早已从耳目那里获悉江亢虎的政治立场与为人,感到此人可用,才予以召见的。之后不久,江亢虎被袁世凯破格提拔为北洋编译局总纂和《北洋官报》总纂,官居五品。

江亢虎的平步青云令袁世凯的亲信幕僚阮忠枢、夏寿田、杨度等人惊讶不已。这是个才十八九岁、未涉官场、在日本欠下风流债的年轻小伙子呀。江亢虎知道自己资历浅薄,肚里学问又太少,加之不谙官场交际,遂于 1902 年 10 月向袁世凯提交辞呈,要求再去日本求学。

1904 年 9 月,江亢虎结束了在日本的留学生涯,回国后担任刑部主事和京师大学堂的日文教习,开始以新派官员的身份混迹官场。通过与欧美、日本等国驻北京外交官员的频频接触,江亢虎感到大清帝国内忧外患,已是奄奄一息,便一方面表示效忠清廷,与奕匡、袁世凯、荫昌等权臣交往过密,形同奴才,温顺听话;一方面则暗中与反清力量接上关系,并设宴款待了进京活动的同盟会评议员汪精卫、朱执信等人。

1905 年俄国爆发革命,十二月党人为反抗沙皇暴政不惜为信仰捐躯的精神深深触动了江亢虎，并引起他对无政府主义的浓厚兴趣，但当时他在国内政界并没有市场。

江亢虎经过一段时间的彷徨之后，又开始与信奉社会主义的友人陈翼龙热烈交往起来。当时，国内并没有马列著作的中文译本，江亢虎便直接研读马克思、恩格斯、考茨基、列宁、普列汉诺夫等人理论著作的英译本。江亢虎的灵魂又一次躁动了，他感到自己遇到的一些难解的问题可以在社会主义学说中找到答案，一个创办新政党的念头在他的脑中产生了。这天，他正在京师大学堂的寓所里读《资本论》的英译本，陈翼龙带着一位年轻人来拜访江亢虎。

陈翼龙带来的不是别人，正是10余年后成为中国共产党创始人之一的李大钊。李大钊比江亢虎小6岁，当时还在北京法政学堂学习，曾在京师大学堂旁听过江亢虎的课。陈翼龙带李大钊来，原本是要与江亢虎商量创办政党的事，可李大钊刚把自己的情况介绍了一下，江亢虎就滔滔不绝地说了许多题外话，过了好一会儿才转入正题。江亢虎提出要创立中国社会党，并当场取出了他草拟好的章程，请陈、李二人过目。江亢虎的神速显然出乎陈翼龙与李大钊的预料，他们考虑再三，认为目前缺乏创建政党的基础，还需看看时局的变化。

李大钊虽然对江亢虎的浮躁与专断深恶痛绝，但对他身为清廷官员却敢于研究社会主义著作的勇气深表敬佩。江亢虎并没有李大钊的勇气，当袁世凯明确表示对他与激进分子的交往不满时，江亢虎吓得连忙辞去官职，于1907年再度赴日留学。在日本，江亢虎重新回归了无政府主义的怀抱,并系统提出了“无宗教、无国家、无家庭”的“三无主义”,成为中国最早提倡无政府主义思想的人之一。1909 年,一心要扩大“三无主义”影响的江亢虎,以“徐安诚”为笔名,向吴稚晖等人在巴黎创办的《新世纪》周刊投寄了《无家庭主义》《自由营业管见》等文章。次年春,他周游欧洲各国时,仍在途中不断宣传他的“三无主义”,还经常出席无政府主义者的聚会。

令人称奇的是,江亢虎在鼓吹无政府主义的同时,居然还去伦敦的海德公园聆听社会主义活动家在马克思墓前的演讲,而他很快就不仅仅是听演讲了。1911 年春,江亢虎发表了《介绍地税归公之学说》一文,成为国内系统介绍社会主义思想的第一人。紧接着,他又在杭州女学联合大会上发表了题为《社会主义与女学之关系》的演讲,开始公开宣讲社会主义。同年 7 月 10 日,江亢虎在上海惜阴公会、女子进行社、《天铎报》报馆的资助下,成立了“社会主义研究会”,撰写、翻译社会主义理论著作,出版宣传刊物《社会星》,成为国内颇有影响的社会主义研究第一人。毛泽东在接受美国著名记者埃德加·斯诺时曾提到,当他还是湖南省立师范的一名学生时,就读过江亢虎撰写和翻译的《社会主义 ABC》《马克思主义简说》等书,从中明白了社会主义基本原理。

1911 年 10 月 10 日,辛亥革命的枪声在武昌首先打响,中国社会迅速发生了剧烈的变革。江亢虎预感到中国日后必将实行政党政治,便在北京和陈翼龙、李大钊等人正式发起创建了中国社会党。在江亢虎的要建立“没有剥削、民众当家做主的社会,对私有财产严加限制”的口号下,不少追求进步的青年知识分子纷纷加入该党，连《京报》《晨报》这样的大报也刊登了不少为社会党摇旗呐喊的文章。1912年12月至次年3月，民国第一届国会选举在全国范围内举行，江亢虎到上海和北方若干铁路路段组织工会，从而又在中国工人运动史上留下了自己的名字。

中国社会党的蓬勃发展引起了袁世凯的不安，他决定给江亢虎一点颜色看看。1913年8月6日，陈翼龙被捕处决;7日，袁世凯又下令解散中国社会党。短短两天，形势陡转直下，江亢虎很快取下垂挂在自家楼下的党旗，烧毁一切文件，辞去了社会党总书记兼总代表的职务，并在《京报》上公开发表《告别中国社会党人宣言》。之后，江亢虎悄然离开国内，去美国加利福尼亚大学担任客座讲师，一年后晋升为副教授。

1920年9月，旅美7年的江亢虎回到国内，他想乘着五四运动的东风再度投身政治。可等他到了北京后，段祺瑞、黎元洪、冯国璋等北洋军阀政府当权者对江亢虎都相当冷淡，江亢虎想与李大钊联系，却被李大钊断然拒绝。正当江亢虎走投无路之时，苏联诞生了，世界政治版图出现了新的格局，江亢虎对社会主义的热情被重新点燃。很快，江亢虎就在《京报》《晨报》等报刊上撰文介绍俄国十月革命，还写了《列宁小传》《托洛茨基传略》《向赤俄政权屈服》等颇令人注目的文章。不仅如此，江亢虎还相继在北京大学、清华大学、北京师范大学、南开大学开办社会主义讲座，提倡社会改革和教育救国。

江亢虎的政治活动又一次取得成功。1921年5月，他应苏联政府邀请，带着妻子卢岫英出访苏联。在莫斯科，江亢虎夫妇受到了很高的礼遇，还受到了列宁、托洛茨基、斯大林、布哈林等人的亲切接见。会见中，江亢虎热情赞颂苏联革命的伟大胜利，还即席朗诵了自己创作的《新时代颂》，博得了苏联党、政、军要人的阵阵喝彩。江亢虎以中国社会党和东方无产者代表的双重身份参加了第三国际代表大会。

这两位从旌德走出去的大名人的逸事，早已在家乡的山水间成了传奇，至于他们以后的人生轨迹，梅大栋当时自然还无从知晓。对于他们的行为与思想，他既羡之又思之，亦疑之更惑之。受恽代英、肖楚女的影响，尤其是加入青年团，读了大量的马克思主义著作后，他觉得，吕碧城也好，江亢虎也好，他们所走的道路都不是自己信服的道路。

怎么样的一条道路才是最符合中国实际的革命大道？天天这样想着，梅大栋突然特别想念四师的师友们。不行，我要先改变自己。梅大栋对自己说，快回家吧，我要写信给代英。在昏黄的油灯下，在周遭俱寂的乡村之夜，梅大栋写信给恽代英，诉说着自己的所思所惑和苦恼。写完信已经是五更天了，家里的大公鸡开始打鸣，悠长而雄劲的啼鸣在山乡回荡。

在日复一日的焦急等待中，1923 年 11 月的一天，黄昏时分，梅大栋终于等来了一封信，一封从江西安源寄来的信。

信是恽代英和李延瑞写来的。在信中，他们介绍了安源路矿工人俱乐部开展工人运动的情况，并邀请他到安源任路矿职工子弟学校的教员。

那个黄昏，梅大栋握着那份远方的来信，一定激动了很久。安源路矿工运的情况，他从时事报章上也约略知道一些，但他没想到自己竟然能有机会到那个火热的革命现场。

在多年后安源路矿工人运动纪念馆编写的《安源路矿工人运动人物志》一书中，恽代英、李求实、吴华梓（吴化之）、梅大栋、李紫翔（李延瑞）、曹宣天等人赫然在册，也就是说，当年宣城四师师生先后有六位在安源工作过。

“安源是中国工人运动的摇篮，湘赣边界秋收起义的策源地和主要爆发地之一。”这是后来的总结。而在当时，在第一次罢工高潮中，安源大罢工创造了“绝无而仅有”的成功范例，在京汉铁路“二七”惨案后的全国工人运动低潮中，安源工会“巍然独存”，被誉为中国的“小莫斯科”。

现在，自己即将去往这个“小莫斯科”工作，梅大栋连回信都等不及了，他向母亲梅坤荣说了一下，决定第二天就动身出发。

二　师友又相聚

安源煤矿辖属江西萍乡，光绪二十四年（1898 年）二月即已开始采矿。在开矿之初，清朝政府聘请的德国工程师来到这里，当地人民曾群起反对。当时流传着一首民谣：

> 百姓听得洋人到，他到此处事不好。
> 莫非他来起祸根，不如诛灭免劳神。
> ……

损坏洋人罪不轻，出示晓谕众黎民：
洋人到此无别意，他来江西把炭取。
不是皇上聘请他，洋人不会来中华。
多则不过上十个，谅他不敢起风波。

1902年，由清朝政府的张之洞、盛宣怀出面，向德商礼和洋行借款400万马克扩大经营，由此安源煤矿矿务被德国人操纵（后又改由日本人投资）。包工头们经常用一根硬木棒子监督工人做工，随便打骂工人，剥削工人血汗。当时也流传着很多民谣：

窿内正管二十几，压迫工人大无理。
开口就是妈的屁，我的棍子打人的。
平白无故要挨打，他把工人当牛马。

来到安源三五年，萍矿做工苦难言。
家中父母倚门望，回家没的路费钱。

据传，后来这些顺口溜在工人中流传时被刘少奇听见，刘少奇便请人将其整理编成当地的民歌调，名为《劳工记》，在过年期间合唱，以教育工人，起到了很好的宣传鼓动作用。

1921年，一个高个子年轻人穿一套旧蓝色衣服，背一把湘潭雨伞，来到安源，下矿井，到棚屋，与工人们交谈。他就是时任中共湖南区委会（包括安源路矿）书记的毛泽东。在安源，他深入调查了一个星期，回到长沙后，他先后派出刘少奇、李立三、蒋先云、黄静源、陆沉、毛泽民等同志到安源路矿直接发动和领导工人运动。

经过努力，1922 年春天，安源路矿工人补习学校成立了。起初，参加的工人并不多，学校不收学费，由个人根据自己的经济能力出一点笔墨纸张费，日班夜读，夜班日读。接着，刘少奇等又在半角坡等地就近成立夜校。刘少奇等在讲课中注重平民化、大众化，善于以理论结合实际的方法教育工人，刘少奇曾经编过一则文章《两个工人谈话》，大意是：

> 有一个工人在井下做工，边做边叹气说："我们从天亮做到天黑，还没有饭吃，命好苦啊！"另一个工人回答说："并不是命苦，是被资本家剥削穷了。"
>
> "人家八字好，命里注定有。"
>
> 另一个工人解释说："我们不能迷信，在我们的八方井，不是经常有一条虹吗？人们传说那是癞狗蛤蟆透气，其实并不是癞狗蛤蟆透气，是因为那里有一个温水池，经常喷出微小的雨珠，被太阳光一照，便现出五颜六色来。不是吗？太阳在东边的时候，虹就在西边；太阳在西边的时候，虹就在东边。"

这样结合实际的教法，工人们最容易接受。刘少奇告诉工人们："只要工人团结，打可不挨，工资有加，红也有分。"工人们听了很振奋，加上教员们也很尊重工人们，来必迎，去必送，慢慢地，参加夜校学习的工人越来越多，工人们的觉悟也得到大大提高。

1922年五一劳动节,安源路矿工人俱乐部即工会正式成立了。这年9月,针对斗争形势,俱乐部决定展开大规模的罢工斗争,为工人们争取应得的权利。

1922年9月13日晚,俱乐部召开了工人大会,决定14日凌晨1时罢工,以放长汽笛为号,除电机、直井机器、锅炉三处外,其他地方全部行动。随后,工人们砍断了铜丝,使电车不能通行,把煤桶堆在窿门口,只许出,不许进。在煤桶上插了许多三角小旗,上面写着:"先前是牛马,现在要做人。"

第二天早晨,全矿区都看到了工人们的罢工宣言和复工条件。宣言写得很有斗争性,也很有策略。当时全国还是南北军阀相互对峙的局面,各地大小军阀常借"乱党""间谍"等名义,搜捕妨碍其统治的所谓"不稳分子"。所以,工会在宣言中特意注明罢工"与政治、军事问题不发生关系",这也是为了争取更多社会人士的支持。这宣言后来还刊登在1922年9月20日的长沙《大公报》上,引起当时社会各界极大的关注:

> 各界的父老兄弟姐妹,我们时时受人家的打骂,是何等的丧失人格啊!请你们看看:我们的工作何等的苦啊!我们的工钱何等的少啊!我们所受的压迫已经到了极点。所以,我们要求改良待遇,增加工资,组织团体——俱乐部。
>
> 现在,我们的团体被人造谣破坏,我们的工钱被当局积欠不发,我们已再三向当局要求,迄今没有圆满答复。社会上简直没有说话的地方啊!

我们要命,我们要吃饭。现在我们饿着了,我们的命要不成了,我们于死中求活,迫不得已地罢工,作为达到要求的最后手段(我们要求的条件下面另附)。

我们要求的条件是极正当的,我们死也要达到目的。我们不做工,不过是死;我们照从前一样的做工,做人家的牛马,比死还要痛苦些。我们誓以死力对待,大家严守秩序,坚持到底!

各界的父老兄弟姐妹们啊!我们罢工是受压迫太重,完全出于自动,与政治、军事问题不发生关系。请你们一致支援,我们两万多人饿着肚子在这里等着啊!

赣西镇守使方本仁派了一旅人,加上矿警来镇压。他们四处戒严,枪、炮、马刀布置得气势汹汹。

工人们向士兵们展开了宣传,向他们喊话:“我们是为了要活命、要工资、要饭吃才罢工的。”这种宣传收到了一定成效,有许多士兵采取了两面态度,说:“我们是来赚几块烟钱的,你们罢你们的工。”

刘少奇化装成工人,穿着工字蓝布衣服,代表1.7万名工人去交涉。到罢工第五天,路矿两局终于屈服了,接受了工人们提出的十三个主要条件,如承认安源路矿工人俱乐部有代表工会权;不经过工会不得随便加人、减人;每月歇两个星期日,要发工资;以后工人例假、病假、婚假、丧假须照发工资等。

参与罢工的1万余名工人在矿局全副武装的包围下,无一人伤亡,工人们事后都传说刘少奇有13块金牌护身。刘少奇后来在一次演讲中说:“我哪有什么13块金牌？我只有1万多名觉悟的工人团结在马克思主义旗帜下,这才是我们力量的源泉。”

罢工胜利,工人们在俱乐部门首大操场上搭了一个台庆祝胜利,并在庆祝胜利当天,选举了工人俱乐部各个组织的负责人。工人们自动拿出半个月的年终加薪来办俱乐部和合作社。就在这年年底,一所全国闻名的“安源路矿工人俱乐部”新房建成,在时间及规模上,这都是中国工人阶级第一个自己的建筑。

俱乐部的门口,写着一副对联:

互相帮助联络感情

涵养德行共谋幸福

横批是:

无产阶级联合起来

刘少奇还为俱乐部作了一首歌:世界兮当创造,压迫兮须解除,创造世界除压迫,团结我劳工。

安源工人运动开展得更加红红火火。1924年五一节,工人们举行了大示威游行,这群中国工人第一次在大街上高唱着《五一纪念歌》:

五一节,真壮烈,世界劳工大团结!

发起芝加哥,响应全世界。

西欧东亚与美洲,年年溅满劳工血。

不达成功誓不休,望大家,齐努力,绝莫辜负五一节!

当时,安源的文化教育事业也很发达,出版了《安源旬刊》,由俱乐部教育委员会主编,并办有二十一个读书处。

1923 年,刘少奇被选为安源路矿工人俱乐部主任团总主任,他创造性地开展了很多工作,其中一项便是进行工人教育。也因此,俱乐部急需既有共产主义信仰又有文化、能上课的年轻教员。“二七”惨案后,全国工人运动转入低潮,为了保存实力和有利于工作,党对干部队伍做了调整。“二七”惨案后,因为中共武汉区委领导成员陈潭秋、李求实和其他一些重要干部在当地不能立足,党决定从安源调李立三去武汉任区委书记,而安排陈潭秋、李求实等到安源工作。

1923 年 4 月,参与领导京汉铁路工人大罢工的李求实奉派到安源工作,任社会主义青年团安源地委委员、安源路矿工人俱乐部文书股股长,兼管劳动介绍所,兼任《安源月刊》总编辑。从这一系列头衔可以看出来,当时这一批从事工人运动的革命者工作是多么繁忙。这年 9 月,李求实主持编辑《安源路矿工人俱乐部罢工胜利周年纪念册》,并与刘少奇合撰《俱乐部组织概况》一文,阐述了组织工会的意义和方法。这是中共早期关于工会组织问题的重要文献。

李求实在安源工作时，为了解决人才问题，便想起了宣城四师的同学们。他于1923年6月介绍吴华樟到安源，任安源路矿工人子弟学校暨工人补习学校第一校教员、校党支部书记。而吴华樟在1923年下半年，又介绍李紫翔即李延瑞（还曾用名董志诚）到安源路矿工人子弟学校暨工人补习学校任教。李紫翔后来任安源路矿工人子弟学校第一校教员、教务主任，安源路矿工人学校校长。李紫翔到安源后不久，于当年10月份又与恽代英一起函约梅大栋前来。

如此一来，宣城四师当年的师生在分别几年后，又以这样一种形式重新聚集在了一起。

比较有意思的是，李求实当时还写了一篇文章《"朋友，歇歇脚，预备爬山吧！"——怎样培养我们的能力呢》，在文章开头，他写道："民国十年，我同几个朋友到安徽黄山去旅行，起初走的时候路很平坦，我们一路走，一路唱，谈谈讲讲，说说笑笑，好不快活！不要两点钟，走了二十多里路。后来路渐渐陡起来了，很不容易走，我们便只得慢慢地、很谨慎地一步一步往上爬，不敢随便说笑了……"这文章是针对安源工人中存在的骄傲情绪和盲目蛮干倾向，指出工人解放运动同爬山必须注意歇歇脚一样，要注意培养能力，看清环境再行动。

多年后的今天，当笔者在《安源路矿工人俱乐部罢工胜利纪念册》上读到这一篇文章时，笔者猜测，当时四师的同学们，在安源那样一个特殊的地点，再读到这篇文章，一定会比别的读者更多一份亲切感吧。

梅大栋离开旌德，先是乘船到芜湖，再转安庆，经鄱阳湖到九江，至南昌后改从陆路行走，一路往南，这一走，就走了一千多里。他出了安源车站，远远地就看到煤矿井口山一样的煤堆，夕阳下，安源路矿工人俱乐部，这座中国工人阶级第一个自己的建筑闪耀着异质的光芒。

恽代英给梅大栋的任务是，先到安源路矿工人俱乐部学习工运，并兼任安源路矿工人子弟学校暨工人补习学校教员。

对于梅大栋来说，这里的一切都是新鲜的，甚至连空气中都飘浮着一种别样的气息。通过学习以及与工人们亲密接触，这个山村青年更进一步了解了工运，了解了中国第一代产业工人的现状。转眼到了 1924 年元月，由李延瑞和吴华梓介绍，梅大栋正式加入了中国共产党。彼时，中国共产党全国党员的总数还不到 1000 人。资料显示，到 1925 年，全国党员人数才达到 994 名。

加入中国共产党，梅大栋这位少年失父的年轻人，在精神上真正找到了自己的父亲。从仅存的为数不多的照片来看，在安源，梅大栋个头没有长高，似乎更瘦了些，但他的精神海拔已经到了一个全新的高度。由此，旌德乡村青年梅大栋，成了一名真正的职业革命者。

当梅大栋在党旗下宣誓的时候，在苏联莫斯科，中共党员萧劲光接受了一项任务——从莫斯科返回祖国。而正是他的这一任务，日后让梅大栋及他的一家深度参与了一段革命传奇。

三　第六号银像

普希金广场是莫斯科的市中心，而普希金广场的中心竖立着俄国伟大诗人普希金的雕像。

雕像的底座上刻着普希金的著名诗句：

> 我给自己建立了一座非人工的纪念碑，
> 人们走向那里的路永远不会荒芜
> ……
> 在这残酷的世纪，
> 我歌颂过自由，
> 并且还为那些倒下的人祈求过怜悯和同情。

来自世界各地的人，都在轻声朗读着这首诗。然而，他们可能不会想到，这莫斯科城中心的中心，一百多年前，是一所名为“东方大学”的旧址。站在这里的人已经很难想象当年的盛况，短短几年时间，刘少奇、任弼时、萧劲光等一大批中国革命史上响亮的名字曾集中出现在这里。

东方大学全称为东方劳动者共产主义大学。十月革命胜利后，列宁领导的共产国际十分重视培养各国革命干部，以推动世界革命运动的开展。最初，苏俄布尔什维克党的领导者们把注意力放在了西方，他们支持所有在西方的革命事业，后来把重点转向了中国,因为此时中国的共产主义运动正处于上升阶段。1921 年 10 月,他们创立了这所大学,首任校长为苏勉斯基,学校主要为东方各国共产党培养革命干部。

档案记载,由于当时东方一些国家的共产党组织还未成立,因此,该校也招收这些国家倾向于共产主义的进步青年入校,学生人数一般为 300~400 人。据保留的学校学员名单显示,其中中国班和印度班人数最多。1921 年的春天,在共产国际代表魏金斯基的牵线下,20 多名中国社会主义青年团员分别化装成裁缝、理发匠等手工劳动者前往莫斯科。这是最早的一批中国班学员。

1921 年春,刘少奇与任弼时、萧劲光等人一起,从上海搭乘邮轮,踏上了赴苏俄求学的旅程。这一路走得十分艰难,关于这一段的旅程,后来萧劲光曾有过生动的回忆:

船在海上颠簸了几天,到了日本长崎。在长崎休息了一天,继续开往海参崴。越走越冷,到了海参崴,到处是一片冰天雪地。我们这些南方娃娃,谁也没见过这么冷的天,大家都没有足以御寒的衣服,十几个人挤在一家中国旅馆里,冻得几乎出不去门。少奇、罗觉、吴芳是我们的负责人,他们按照预定的暗号与海参崴大学的教授伊万诺夫接上了头,伊万诺夫是第三国际派在这里进行秘密工作的,以后的行程都由他安排了。那时海参崴是“白区”,乱得很,有白俄人,有日本人,也有不少中国人,张作霖的总领事馆也设在那里。张作霖的总领事馆对我们很注意,不知他们通过什么渠道了解了我们的来历并把每个人的姓名都搞去了，误认为我们是孙中山派去俄国的代表，抓去了我们几个人审问。被抓的有刘少奇、吴芳等同志。审问时戒备森严，杀气腾腾，两边站的都是刀枪手，就像唱京戏那样。领事馆的人问少奇是干什么的，少奇同志沉着回答，做裁缝的。当时南方人跑到北方来有很多是做裁缝、理发等手艺活的。少奇同志是湖南人，讲话他们也听不太懂。不管怎么问，少奇他们只讲是学手艺的。审问没有结果，威胁了一番，就把少奇、吴芳等放了回来。

……

从海参崴去伯力，有一条伊曼河，那是红白交界处，河南边是“白区”，河北就是“红区”。为了顺利通过，我们十多个人分成若干小组。有的白天走，有的晚上走，有的由俄国人带着走，说好了在伯力某处会合。我和弼时同志两人一组，我们一个扮作裁缝，一个扮作理发工人，路上装着互不相识，一前一后走着，谁也不理谁。过伊曼河红白交界处时，有日本人和白匪设卡，盘查严得很。当时海参崴发生鼠疫，过往的行人都要检疫，他们先给我们量体温，我的体温正常，查来查去也查不出什么名堂，只好把我放了。弼时当时可能有点感冒，体温稍高一些，结果以鼠疫患者的嫌疑被扣下了。我很着急，却又无法帮助他，只好只身一人继续往伯力方向走。一边走，一边暗暗为他祈祷，盼望他能脱险赶上队伍。少奇、蒋光慈他们也都陆陆续续地过来了。蒋光慈过了桥以后，还以为是白俄地区，躲躲闪闪的，结果被红军当坏人抓住了，一问情况才知道是误会，把他放了。在伯力会合后，我忧心忡忡地告诉少奇他们弼时同志被扣的情况，大家都很着急。过了两天，弼时同志一人赶到伯力，突然出现在我们面前。我高兴地一把抓住他，连连问他怎么脱险的。弼时同志告诉我们，日本人和白匪盘问他，他只说自己是工人，要到俄国去谋生，他们问不出别的，又给他量体温，这次弼时同志在腋下夹体温计时，将体温计的水银部分漏在外边，这下体温正常了，他们只好把他放了。

这一行人一直走了三个月才到达目的地。1921 年 8 月，刘少奇等中国学生被安排到东方大学学习。

除语言障碍外，中国留学生还要克服生活上的困难。苏俄当时正处于严重的经济困难时期，粮食和其他一些生活资料非常匮乏，萧劲光回忆："那时我们每天只供应一块像两个巴掌合起来那么大的黑面包和几个土豆，早上切一块面包，中午就不敢再切了，否则晚上就没有吃的。中午吃饭时有一个汤，是用海草和土豆煮的，有时放一点咸鱼，开饭时每人一勺，一勺子下去有什么吃什么，基本上是清汤，有时碰到一点稠的，算是很幸运的了。我们的课堂在四楼，像我们这样十七八岁小伙子，在正常情况下，上个四楼算得了什么？可是那个时候上四层楼真困难呀，一步一步慢慢地往上挪，中间还得休息几次。有时肚子饿得实在不是滋味，就躺在铺上等饭吃，越等越饿。"此外，漫长的寒冬对许多来自中国南方的学生来说，也是一个巨大的挑战。

学员们白天上课，晚上到街上站岗，星期天还要做工，但大家都很兴奋,努力刻苦学习。东方大学为中国班学员开设的课程有科学社会主义、政治经济学、辩证唯物主义和历史唯物主义、国际职工运动史、社会学和俄语等,同时还规定要学习《共产党宣言》《青年团的任务》等马列主义基本著作。

这所大学与别的大学还有一个区别就是实行军事化管理,所有学员都要生活、学习在军营中,无论男女都要穿军装。

当他们到达莫斯科时,他们每个人还要起一个别称,这些别称有些是从中文名字来的,有些是按照俄语发音取的,有些甚至是自己想出来的。档案资料显示,到 1925 年年中,中国共产党从各个渠道派到东方大学学习的中国学生达到 112 人。

刘少奇等人克服困难,在东方大学系统学习了《共产党宣言》、政治经济学和国际工人运动史等,比较全面地掌握了共产主义运动的政治和经济理论。1921 年冬,刘少奇同罗觉、彭述之、卜士奇等一起,由中国社会主义青年团团员转为中国共产党党员,并参与组成中国共产党旅莫支部,刘少奇担任支部委员。1922 年 5 月,根据组织决定,刘少奇结束了在莫斯科的求学生活回国,投身于国内的革命斗争中。

萧劲光等人仍然留在莫斯科学习。当时,中国班的这些学员,个个朝气蓬勃,通过系统学习马克思的学说,对马克思主义的信念更加坚定,因此也更加崇敬马克思。其时,马克思已经逝世 30 余年,学员们在学习马克思学说时,总是千方百计地打听马克思的形象,对马克思的生平、遭遇以及他的婚姻、家庭情况等都非常感兴趣,但囿于当时印刷业的欠缺,马克思的形象在人们心中并不清晰。传说中，马克思有着一副大胡子、宽额头、高鼻子，每个人都在心中勾画着马克思的形象。不久后，大家都有一个愿望：找到一尊马克思的塑像，带回国内作为永久的纪念。

中国班学员有这个愿望，东方大学其他国家的学员同样有这个愿望。意见很快传到了校领导那里，校领导又将这些意见反馈给共产国际。共产国际经过研究，接受了各国学员的意见，挑选美工人员进行设计，又挑选国内优秀的银匠师精心铸造，共铸造了十尊马克思半身塑像，赠送给各国共产党组织。

中国班的中共党支部，接受共产国际赠送给中国共产党的一尊马克思银像为第六号。当时俄文名字叫"查戈洛期斯基"的萧劲光暂时代为保存这尊银像。1924 年 1 月 21 日，列宁在莫斯科去世。在东方大学学习的中国班学员开始陆续回国，萧劲光回国时，中国班党支部便将把马克思银像带回国内的任务交给了他。

萧劲光回国后，即奉派到安源工作，任安源路矿工人俱乐部游艺股股长、中共安源地委党校教员。

250 克重的银像放在萧劲光带回国的行李中，有着异乎寻常的重量。在当时的政治环境下，携带这样一件极具革命象征意义的塑像，从莫斯科到中国，其风险不亚于在头顶压一座大山。

在东方大学选修过军事专业的萧劲光本就机警过人，他一路辗转，终于携带着第六号马克思银像来到安源，直到走进俱乐部主任刘少奇的办公室，他才算真正放下一颗悬着的心。

昔日同学，一年多没有见面，别的话放下不说，萧劲光第一时间掏出藏在胸口、捂得似乎都有点发烫的银像，郑重地交给了刘少奇。

凝视着这尊银像,刘少奇说,他来得正是时候。随着安源工人运动的发展,安源党和团地委等组织随之成立,安源的党员人数骤增,党组织成为全国最大和产业工人成分最多的地方党组织,但大批党员都没有接受过系统的马克思理论教育,党的基本理论知识十分缺乏,因此他们迫切需要参加学习和培训。刘少奇近段时间一直在考虑这个问题,要在安源办一所专门传播马克思基本原理的党校。

萧劲光拍着手说,这太好了。

1924 年 12 月的一天,安源山下一个叫“八十间”的院落,在里面简陋的房间里,一群来自安源路矿的年轻工人和在校学生在这里开始了一段紧张严肃的集中学习。这便是中国共产党创办的最早党校,首批党校学员 60 人。

在党校,刘少奇经常亲自为学员们上课。往往,在介绍到马克思时,他会取出马克思银像,端正地放在讲台上,让学员们首先认识一下这位科学社会主义的创始人。

学员们惊喜万分,围在银像周围,争相目睹那个传说中的“大胡子”外国人。

马克思银像工艺精美、造型逼真,既形象又传神,学员们如同见到马克思本人那样感到亲切。

刘少奇招呼学员们坐下后,开始讲解马克思主义的基本学说,包括工人怎样创造价值、资本家如何剥削工人劳动的剩余价值。他发现,在讲台上那尊银像的陪伴下,学员们学得格外认真。

夜深人静,“八十间”院落的灯火在跳动。

讲台上的“马克思”的目光在寒夜里更显深邃。

四　九月惨案

早在1924年10月,萧劲光刚从莫斯科回来时,梅大栋就与他有了较深入的接触。那年10月,他与萧劲光,还有安源路矿工人子弟学校教员李镜人(又名老魏)一起,代表安源党组织,赴长沙出席由毛泽东、李维汉主持召开的中国国民党湖南省临时代表大会。那时,正值第一次国共合作时期,湖南省在毛泽东、李维汉等的领导下,召开了七天会议。

几个月后,1925年2月,梅大栋任安源路矿工会(工人俱乐部)秘书,在刘少奇身边工作,直接受刘少奇领导。

在安源路矿这个工人运动的大本营中,梅大栋受到刘少奇、李立三等人的教诲。大家在一起交流俄国十月革命的胜利,观察中国社会的现状,探寻工人团结的路径等。很快,梅大栋在政治上、思想上、业务上都有了突飞猛进的提升,逐步成长为一名合格的共产党员。

一颗小石子,轻轻一脚就踢开了;如果用石灰把很多小石子砌在一起,就不容易被踢动了。类似这样的道理让梅大栋从书本里走到了社会上。他日渐明白,只有发动工农群众,将他们团结起来,大家才能从受人欺压的“牛马”,成为站起来的“人”。他看到了中国工农团结起来后所凝聚的伟大力量。

既读“有字之书”,更读社会这本“无字之书”。梅大栋和工友们打成一片,参与兴办夜校、开展培训、做演讲、建工人图书馆等活动,通过各种方式,加强对工友的教育和引导。

随着一次次活动的组织、一次次运动的开展,参与其中的梅大栋积累了宝贵的经验,在血与火的洗礼中,他逐步成熟起来。

对于安源路矿工人来说,1925 年的政治气候变得更加恶劣,因为中国工人连绵不断的罢工运动震惊了买办资产阶级,他们和帝国主义在中国的势力相勾结,开始残酷镇压工人运动。安源路矿当局千方百计要摧毁俱乐部组织,他们从外地调来一营手枪队,又暗地里从军阀肖安国处调集了一个团的兵力布置在路矿周围。

经过一段时间的准备,路矿当局在 1925 年 9 月初围攻了安源路矿工人俱乐部。

窿外主任黄静源被抓,总干事也被抓了好多。东南西北四区住宿处有几千名工人,一拥出来营救,结果,路矿当局竟然枪杀了为首的段志发和李玉珍 2 名工人。

黄静源被监禁在萍乡约两个月,当局对他百般审讯,黄静源始终没有屈服,最后被押往刑场英勇牺牲。从萍乡车站到安源,黄静源一路高喊口号:

“打倒万恶的军阀!

“打倒帝国主义!

“工人万岁!

“安源路矿工人俱乐部万岁!

“中国共产党万岁!”

路矿当局最后给黄静源定的罪很重“俄国流毒赤匪”。在这期间，长沙等地曾发起很大规模的援救安源工人的运动。黄静源牺牲的那天夜晚，邓长富等工人将黄静源的遗体偷运到中窑坡，第二天清晨又背到慈云寺，用竹床抬到醴陵八里凹，照相后入棺下葬。三天后，醴陵、株洲、长沙等地工人、农民、学生又将黄源静的棺木取出来，抬棺游行，将灵柩停放在长沙教育会坪，举行几千人的追悼大会，然后再将棺木运至岳麓山正式下葬。

而安源几千工人也在白色恐怖时期，举行了奇迹式的追悼会：新街、老街、筲箕街百姓，各扎了一栋灵屋，买了一担炮仗，预备了两副锣鼓，用一块一丈二尺长的白布，在上面写着“黄静源烈士精神不死”。等路矿当局来抓人时，工人们已经散了。

黄静源遇难后，路矿当局和军阀们封闭了俱乐部，把凡是进步一点的工人都遣送回家。他们先将工人关押在屋子里，造好名册后，再一处一处地用火车送到株洲，一连送了几天，矿上最后只剩下 2000 名左右的工人了。工人工资由三角一天降为五分钱一天，有时甚至一天只给一斤面粉或一斤米，工人们又过着悲惨的生活。工人们在生产方面也消极怠工，由过去每日出煤两千多吨降至两三百吨。

面对这一严峻形势，为了保存有生力量，中国共产党决定将党组织转入地下活动，同时将干部们派送至各地，播撒革命的火种。在安源路矿工人俱乐部遭到破坏的危难时刻，工人俱乐部负责人首先想到的是马克思银像的安全。由谁来保管和保护银像呢？

最佳的人选或许是萧劲光，但他于 1925 年 6 月奉命携带 800

元钱,赴上海援助"五卅"惨案的遇难工友们去了。同年7月,他又赴广东参加北伐战争。

最后,组织上决定将银像交给即将回安徽的梅大栋,让他返回安徽老家时,悄悄将银像转移出去并保护起来。

在安源路矿学习过马克思主义,又经过两年工人运动实践锻炼的梅大栋,深知这尊马克思银像的分量,它寄托着全世界无产者对中国工人阶级的厚望。

梅大栋接过银像贴在胸口,说出了自己的庄重承诺:誓死保护马克思银像!

这是1925年9月的一天。

五　背银像的"乞丐"

离开家乡差不多两年,现在又要返回旌德,梅大栋的心情特别复杂。革命处于低潮期,如火如荼的安源路矿工人运动突然陷入了低谷,他心里很难受,但两年来的学习,又让他对回到家乡继续发动农民参加革命充满了信心。在安源,自己虽然是一名教员和俱乐部秘书,但同时,自己又如同一名学生,读了一次系统的大学课程:关于马克思主义,关于中国革命。不过,眼下最重要的是将这尊银像安全带回。

梅大栋将地图看了又看,将地形研究了又研究。按照当初来时的原路返回已经不太可行,岳阳到株洲的粤汉铁路不能走,那样太容易暴露。经过权衡,他下了决心,取道萍乡到醴陵,再从株洲到岳阳，采取一路步行的方式，到了岳阳再看情况，从水路沿长江下洞庭至鄱阳湖，再转安庆到芜湖，从芜湖转入青弋江，再到泾县，然后就可以从梅溪河回家了。

路矿当局在沿途都发布了通缉令，马克思银像又容不得丝毫闪失，一路如何躲避关关卡卡？梅大栋灵机一动，干脆化装成乞丐，这样最不引人怀疑。

他手里拿着个破碗，背上背个竹篓，竹篓里放着破草鞋、脏衣服甚至干稻草，将珍贵的马克思银像用布条一层层包裹起来，塞在竹篓的稻草中间。

这一路从南往北走，为了避开检查，大多数时候，梅大栋都是昼伏夜行，如果没有合适的住处，就随便找个避风处，在桥洞里、屋檐下、岩石边、破庙中，蜷曲着身子睡上一会儿。

有一次，梅大栋实在太疲乏了，躺在一棵大树底下睡着了。睡到天明时分，他蓦然觉得有东西在拱动他的竹篓，他立即醒了，竹篓里有银像啊！他跳了起来，睁眼一看，蒙眬中，看见一只野狗正站在不远处盯着他的竹篓。他这才想起，竹篓里前一晚上留了两个馒头，准备今天吃的，想必这野狗也是饿极了，嗅着味道跑来了。从那以后，梅大栋只要睡觉，便将银像藏在胸口，用布条捆扎紧，以防不测。

晴朗的天气，这样的行走还不太难受，一遇到雨雪天气就十分痛苦了。越往北，天气越寒冷，下雨后，道路泥泞，行走起来让人非常狼狈。最惊险的一次遭遇是在九江乘船，为了安全起见，梅大栋在鄱阳湖边请了一艘小渔船，以躲开正规客轮上下码头的检查。

小渔船只有简陋的船篷，全靠渔夫划桨前进。一天，从九江到安庆，经过鄱阳湖时，突然湖上起了风浪，风大浪大，小小的渔船根本抵挡不了这个风浪，在湖中心直打转。更糟糕的是，渔船的前舱板撞到湖上一段漂浮的树上，船板被撞裂开了，水开始往船舱里渗漏，小船吃水渐深。梅大栋一边帮助渔夫往外舀水，一边观察着风向，好不容易才将小船划进了一处芦苇荡边，暂时避开了风浪，算是逃过一劫。那时，那尊银像早已经被他从背篓里转移到了胸口前。

后来，梅大栋经常将这一路上的经历说给母亲、弟弟以及妻子听。他说，他印象最深刻的是一路上看到的景象，一面是山河秀美，一面却是民生凋敝。沿途老百姓的房屋大多低矮而破败，而沿途在土地上耕种的农民，眼睛里的神情多是绝望与麻木。原来，不单单是家乡旌德，甚至整个中国，无论是平原还是山区，无论是村镇还是厂矿，都需要来一场暴风骤雨般的深度变革呀。

梅大栋这一程不可避免地要经过湖湘大地。而1925年的这个秋天，确切地说，是9月初，年轻的毛泽东在长沙给党中央做了关于韶山农民情况的报告。那时候，毛泽东也在湖湘大地上行走，也就在那些日子里，他写下了著名的《沁园春·长沙》(1925年秋)：

独立寒秋，湘江北去，橘子洲头。
看万山红遍，层林尽染；
漫江碧透，百舸争流。
鹰击长空，鱼翔浅底，

万类霜天竞自由。
怅寥廓，问苍茫大地，谁主沉浮？

携来百侣曾游，
忆往昔峥嵘岁月稠。
恰同学少年，风华正茂；
书生意气，挥斥方遒。
指点江山，激扬文字，
粪土当年万户侯。
曾记否，到中流击水，浪遏飞舟！

写完这首词，毛泽东便离开了长沙，“他重新投入政治斗争，在随后的六个月中，深入中国内陆，了解到一个新的情况：中国革命的命运取决于革命者调动农民巨大潜力的能力”。

不知道梅大栋后来读到毛泽东这首词的时候，是怎么样一种心情。但我们可以想象一下他行走的姿态：

清晨，薄霜覆盖在山道旁的草叶上，梅大栋背着竹篓走在“万山红遍、层林尽染”的山岭上。一阵雁啼，打破了山林的宁静，他抬眼望去，排成“人”字形的大雁正逆着自己的方向往南方飞去。他停下脚步，发现朝霞已经烧红了东方，朝阳正在升起，他耸了耸肩上的背篓，又大步走了起来。

第三章　播火

一　卖粮办校

再次回到家乡，年轻的革命者梅大栋，必然以一种更宽广的眼光来观察脚下这块土地。

旌德，三都，梅村；梅村，三都，旌德。

他的目光在这块大地的册页上来来回回地翻阅，翻阅现实，也翻阅历史。

旌德县建置于唐宝应二年(763)，时属宣州。宋元明清时皆属宁国府(路)，民国初期属芜湖道。县名旌德，寓意彰扬礼德，教化县民。地处皖南山区的旌德，崇教好文，让当地人十分自豪的是，从建县到清末，"学有成就者代不乏人，仅有姓名可考者就有举人206人，进士142人，其中状元、榜眼、探花各1人。"南唐状元舒雅是著名的西昆体诗人，曾奉诏参与编校《论语止义》《文苑英华》等十多部经典。另外，元代王祯所著的《农书》，大部分是他在旌德任县尹时写下的。该书全面总结了中国的农业生产，集农业科技之大成，影响甚广。附于《农书》后的《造活字印书法》，是世界上最早的介绍活字印刷术的工艺论文。王祯与旌德刻工创制木活字，以此试印他主修的《旌德县志》，"不出一月百部齐成"，成为举世第一部木活字刊本，并由此推动了江南木刻印刷业的崛起。

或许得益于对教育的重视，乾隆以后，旌德掀起了经商热，仅江氏一族设质库于外埠者就有六十多家，"商店则如恒河沙数，自京师以至各行省，而以大江南北最多"。作为在外商旅的同籍社团，旌德会馆、同乡会等散布于各省。其时，旌德县北乡通泾县之徽水货运十分繁忙，仅三溪古渡就有筏户八百，木竹土产得以水运至芜湖，县内贸易由此兴盛。旌阳、三溪的布店、货栈、钱庄、当铺盛如都市，商号满目，店旗交错。咸丰三年（1853），小小的旌德县人口就增至50万人，为历史最高峰。全县经济迅速繁荣，屋宇鳞次栉比，城乡几无空地，山里有"百万"富宅，深谷中市声喧闹，这一盛景见诸志书，也在老百姓口头上流传。

好景不长，自咸丰六年（1856）开始，旌德县境遭遇严重的旱涝虫瘟，又遭清军连年抗剿太平军的兵燹洗劫，人民流离失所，田地荒芜，饿殍陈野，人口锐减，"壮丁存者不及十分之二，老弱妇女百不存一"。到同治十年（1871），全县仅剩3万人。"幸存者无以果腹,初掘要葛,继啖皮箱,终食人肉”。此后,老百姓的生存状况一直没有得到大的改善,而眼下的情景呢,“鼎革(指辛亥革命)以还,军阀当政,地方兴革,漠不关心,豪绅土劣从而把持垄断,大利未兴,而人民所受之苛剥却与时而俱增”。

此前,弟弟梅大樑在休宁万安师范读书,因学校当局克扣学生伙食费引起学潮,大樑被推选为学生代表,与校方谈判,要求改善学生生活待遇。校方一面与学生妥协,制止学潮,一面却又对为首“闹事”的学生进行惩罚,开除学运骨干,大樑也被“勒令退学”。因此,从1924年起,即梅大栋刚离开家乡不久,大樑就回乡务农了,小小年纪的他更加深刻地体会到了农民的艰辛和社会的不公。现在,哥哥回来了,17岁的大樑成了梅大栋进行农民问题调研的好向导。

兄弟俩走在旌德的山山岭岭上,听到最多的一句民谣是:“镰刀上墙,饿断肚肠。”也就是说,刚刚秋收,就吃不上粮食了。农民们连最基本的温饱都得不到解决,何谈民主、自由?他们在思考,中国乡村变革的力量从何而来?

诚如毛泽东在《国民革命与农民运动》中所指出的那样:“农民问题乃国民革命的中心问题,农民不起来参加并拥护国民革命,国民革命不会成功。”

梅大栋决定效法安源工运的经验,创办一所面向农民的学校,这学校除了教农家子弟读书识字外,更重要的是向他们传播革命道理。

创办学校,教室可以设在梅氏宗祠里,但所需的其他教学设备从哪里来？课桌椅、夜间照明的灯等，这是一笔不少的钱，而地方士绅又没有一个愿意掏钱的。

昏黄的油灯下，梅大栋兄弟和母亲梅坤荣在饭桌前吃饭，吃到快结束时，梅大栋艰难地向母亲说出了自己的想法，他要卖掉自家仓里的余粮，用得来的钱置办教学设备。

梅坤荣并没有认为兄弟俩的这个想法是荒诞不经的。这个面容清瘦的妇人自丈夫去世后，便独立支撑这个家。她非常勤劳能干，乡里人形容她是“跌倒了爬起来，手里还要顺带扯起一把草”，因此，她将这个家操持得井井有条，田地收成也年年增长。后来，随着外县移民的流入，有不少移民到了三都梅村，梅坤荣便拿出自己家的存粮接济他们。她可能并不理解革命的意义，但她拥有最朴实善良的均贫富的观念，因此也一定懂得办学堂对庄稼人的意义，她郑重地点头同意了儿子的请求。

梅大栋卖了家里的粮食，去芜湖买来了汽油灯，甚至还有时尚的凤凰琴，古老的祠堂里立即有了不一样的气象。这所学校简称梅村小学，而对外，它有另一个名称：旌德三都补习学校。

这所补习学校，白天教孩子，晚上教成人。白天的琴声带给村民们陌生的旋律，晚上的汽灯异常明亮，而梅大栋所讲述的革命思想，也如同一盏明亮的灯，照亮了古老的乡村。

二　遍地新歌

11 月的一个白天，三都补习学校的学生用凤凰琴演奏《国际歌》,琴声刚停,屋外便响起鼓掌的声音。

梅大栋往外一看,不禁喜出望外。

独立支撑一个这样的补习学校,连日带夜,梅大栋深感自己力量单薄,因此,不久前他即向芜湖共青团地委报告,请求派人来旌德协助民校教育,组织农民运动。

来人便是芜湖团地委曹谷云委派来协助梅大栋工作的。这个人还不是陌生人,不仅是梅大栋宣城四师的同学,还是他曾经的安源路矿工人俱乐部的同事——和县人曹宣天。

农民夜校的学员,每晚先学《平民千字课本》,读书识字,待到夜深人静,便由梅大栋和曹宣天向农民们宣讲革命道理:人间何以有穷富?种田人为何自己没有田,而不劳而获者却有良田成百上千亩?这些问题,白日里躬耕水田的农民们或是根本不去想,或是想过了也没有答案,他们总是习惯于将一切归结为命运的安排。通过梅大栋他们的分析,农民们慢慢地知道了一些道理。

来夜校的青年农民越来越多,很快发展到了40多人,周边村庄的农民一吃过晚饭,就打着竹丝火把,相邀着翻过山岭,越过田畈,来到梅氏宗祠,他们的心里慢慢地也聚集起一种力量,尤其是大家伙儿一起唱歌时。这些歌是梅大栋和曹宣天自己编词编曲的,用老百姓习惯的山歌调,用浅显易懂的歌词来揭露社会的不公正,揭露帝国主义、封建主义以及军阀官僚欺压和剥削民众的罪行,呼唤广大贫困农民起来革命,建设一个平等的新社会。这些歌词,不仅夜校里的学员唱,校外青年农民也学会了,歌声响遍了当时三都一带的大小村庄。

在一本内部出版的《革命史料文化集(宣州文物专号)》的小册里有这几首歌词:

八平歌

第一平来平富翁,富翁做事太不仁;
家藏万担稻和粮,贫民饿死不作声。
第二平来平劣绅,劣绅做事理太差;
巴结官府行霸道,欺压乡民本领高。
第三平来平贪官,贪官做事真可恼;
有钱看见嘻嘻笑,无钱苦打逼成招。
第四平来平军阀,军阀做事太不良;
南征北战多闯祸,争夺权利将人杀。
第五平来平洋人,鬼子生来黑良心;
千方百计害中国,害得中国弱又贫。
第六平来平男女,男女权利要平等;
大家做工大家分,重男轻女不公平。
第七平来平钱财,钱财也就平均均;
也没穷来也没富,也没主来也无奴。
第八平来平贫民,贫民起来大革命;
推翻军阀与洋人,害虫一日不除掉,
中国一日不太平。

农夫四季歌

春季里来百草生，农夫辛苦把田耕；
收齐菜籽再种稻，黄梅时节顶要紧。
夏季里来热难当，踏车抽水实在忙，
锄草耙田缺不得，稍微偷懒田要荒。
秋季里来极秋凉，农夫收稻谷上场，
拉磨碾米来粜出，变了银钱纳官粮。
冬季里来雪花飞，快向地主交田租，
倘若租米交不出，就要关死在牢房。

革命歌

打倒列强除军阀，人民革命成功齐欢唱，
帝国主义和军阀都是我们的敌人，
乒乒乓乓齐心协力打倒他，
联合全世界工农和被压迫的民族，
乒乒乓乓齐心协力打倒他。

吟咏着这些朴素的歌词，虽然不知道它的曲谱，但仿佛有一种旋律天然地附着其上。它深沉、悲伤，它愤怒、激昂，我似乎能感受得到，那些深山村里的农民唱着歌时胸中的起伏、眼里的希望。

三　银像的见证

如果说马克思主义思想是一束火焰的话，那么，在广大的乡村，就必须用火焰唤醒火焰，用灯盏点燃灯盏。因为这所实习学校，黑夜中的三都，便有光明在传递，便有火焰在悄然潜行。

此时，必须让灯盏们有一个家，让火焰们有一个故乡。一个多月后，遵照上级的指示，梅大栋和曹宣天决定在夜校学员中吸收一批进步青年入党，组建中共党支部。

冬天的皖南，夜里寒气渐浓，一般庄户人家都早早上床睡了，夜校的汽灯被调暗了，阔大的祠堂大门吱呀一声关上了，黑暗被关在了门外。

梅大栋和曹宣天在主持七名新党员入党宣誓仪式。

一面红旗挂在了讲台前，旗上绣有镰刀和斧头的图案，这个旗帜的象征意义，梅大栋对学员们已经有过说明。此刻，被正式悬挂起来的鲜艳的党旗，显得格外庄严，更让人意外的是，讲台上还放着一尊小小的银质胸像。

七名新党员的名字如今还清晰地记载在旌德县党史册上，他们是：梅大樑、王士桢、朱观发、朱明林、朱甲、程朝干、张照谟。

除梅大栋和曹宣天外，这银像七名新党员都没有见过，包括梅大樑。之前，梅大栋一直没有对他说过。现在，这银像摆在他们面前，这群先进农民静静地凝视着这个名叫马克思的外国人，他们想象不出，这尊银像是怎么样从遥远的国度来到这个小小的山村的。

梅大栋讲述完了银像的来历，然后面向银像和党旗，缓缓举起了右手，其他人也跟着举起了右手。

加入本党，努力革命。

阶级斗争，服从命令。

严守秘密，永不叛党！

梅大栋念一句，他们跟着念一句。

宣誓结束后，曹宣天宣布："经上级组织批准，中共旌德三都农民补习学校支部正式成立。梅大栋、曹宣天为支部负责人。支部直属中共中央局领导。"

这是安徽皖南地区成立最早的中共党支部。

这是皖南乡村的一个平常的夜晚，与之前所有的夜晚似乎并没有什么不同，但因为首个党支部的成立，这注定又是一个特殊的夜晚。从这一个夜晚起，皖南广大的山岭之间，漆黑的夜里，第一次亮起了一盏指路明灯。

从此，这一群深山里的革命者与这尊马克思银像便有了命运交集，而他们的革命故事还将在以后的日子里缓缓展开。

党支部成立后，梅大栋主持召开了两次会议，通过了一系列决议：决定成立三都农民协会和农民自卫军；进城宣传，传播马列思想；创办书社，发行进步书刊，教育全县青年；选派青年骨干去外地学习。不久，农民协会和农民自卫军成立，宋奎元任会长，朱观发担任自卫军队长。

为了扩大马克思主义在旌德的传播,支部决定开展一次规模较大的活动,日子定在农历十月初十,公历 11 月 25 日。这天是旌德县城城隍庙做庙会的日子,十里八乡的老百姓都会聚集在这里做买卖。

那天天不亮,梅大栋和曹宣天就带着夜校 40 多名学员进城游行。

这支队伍在外人看来有点奇怪,有学生模样的,有老师模样的,有种田的农夫,有打铁的匠人,还有杀猪的屠夫,他们擎着绣有镰刀斧头图案的大红旗,高喊着“马克思主义万岁!”“列宁精神不死!”等似乎和他们生计毫不相干的口号。

庙会上的老百姓看不懂这支游行队伍,他们喊什么呢?那红旗上绣的是什么意思?甚至有人歪着脖子看着那个镰刀斧头说,那上面画的是十字架吗?那不是洋教的标志吗?莫非是教我们中国人信洋教?

梅大栋看看人们越聚越多,便跃上了城隍庙前的高台发表演说。他说,乡亲们,这面旗帜上绣的可不是十字架,你们看好了,这是中国共产党党徽;你们仔细看,那一把弯弯的是镰刀,代表农民,那个竖起来的是铁锤,代表工人。镰刀和铁锤交叉在一起,象征着工人和农民联合。我们党的宗旨就是全心全意为广大劳动人民谋利益,这是中国共产党的标识。

一群老百姓看着红旗,他们很多人是第一次看见镰刀和斧头的组合,还听说,三都那个偏僻的地方竟然办起了农民夜校,他们询问怎样能办起更多的夜校。一下子,三都农民补习夜校的声名在旌德县传播开来。

在写作本书的过程中，笔者在不断地想象着梅大栋那时的模样，笔者相信，他一定有良好的演讲才能，他一定能够深入浅出地向那些从来没有进过学堂的农民讲清革命真理。笔者这个想象得到了证实。2022 年 6 月，当笔者来到梅村采访时，梅大栋的侄孙梅春平说，据老太太（梅大栋的母亲梅坤荣）回忆，大栋那时穿着长衫，戴着礼帽，穿行在三都的乡村，他可以和任何一位农民拉家常，他说的话总是让农民们热血澎湃。而且，梅大栋的语言能力非常强，他特别善于学各种方言（徽州地区因关山阻隔，俗话说“五里一乡风，十里不同天”，即便一个县里，也经常出现各种不同的方言），依靠着这一特殊的能力，梅大栋做起农民工作来，如鱼得水。

一开始，政府当局和地方豪绅们并不太在意梅大栋他们的活动，他们既不懂得镰刀斧头是做什么的，更不清楚马克思和列宁是何许人，以为这不过是一群年轻人闲着闹闹罢了。但随着活动的深入、扩大，梅大栋他们的行动逐渐引起了地方豪绅的注意，尤其是他们隐约知道了，这个所谓的共产党，就是要消灭他们，他们立即感觉到了危险的逼近。

三都最有势力的豪绅是时任三都联保主任的方楚平，这个老顽固派本来对梅大栋很看重的，这时却在梅坤荣面前大骂：“你儿子是共产党，要像他挂的旗帜一样被斩草除根！”他很快就密报官府，说梅村“赤化”了。

1926 年 3 月，旌德县政府查封了三都农民补习学校，并颁布通告：“如今后再有私自集会结社者，依法拿办。”

四　不一样的书店

梅大栋在旌德县城旌阳街上走了几个来回，他反反复复地看着胡淦记面店的招牌，然后心里念道，好，就是这儿了。他掀起了店门口的布帘，走了进去。

皖南一带的人喜欢吃一种炒面，即将面条煮过后，捞出来控干水，下锅与辣椒、豆干、肉丝、干笋丝等同炒，这样的炒面清爽鲜香，是山城人的最爱，胡淦记面店的生意十分红火。

穿过吃面的顾客，梅大栋径直上了二楼，汪易如、胡庶民二位早就等着他呢。

自从三都实习夜校被查封，旌德的党组织活动被迫暂停，梅大栋一直在思考，革命活动如何继续开展？以何种形式开展？梅大栋奔走在全县各个乡里，最后决定办一家书店，以此为据点继续开展党的活动。不久，他就找到了八位股东，筹集到了第一批资金，经过再三选点，他们决定将书店开在胡淦记面店内。之所以选在这里，首先，这里市口好，来往的人多；其次，面店楼上有空出的房间，可以作为活动场所；最后，面店前面面街后面临河，交通方便，遇到紧急情况也易于撤离。

书店取什么名字？股东们问梅大栋。

梅大栋沉吟着说，取过激的名字吧，容易引起当局的注意。嗯，辅仁怎么样？曾子说，君子以文会友，以友辅仁。我们这个书店不就是以文会友嘛，再说了，我们这个辅仁，追求的是革命之道德。

于是,他们一行去芜湖等地购进书刊数千册,小山城第一家新式书店就办了起来。"辅仁书店"以出售一般书籍作掩护,秘密出售和转送各类进步书刊。这些书刊一部分是旌德在外学习的进步青年带回来的,一部分是通过党组织输送进来的,如《资本论》《共产党宣言》《无产阶级之哲学》《唯物史观》《列宁纪念册》《独秀文存》《新青年》《社会主义论文集》《俄国新经济政策》《农民国际向导》《孤军》等,此外还有鲁迅、高尔基等人的文学著作。

山城虽小,但精神上久已干涸的年轻人迫切希望能接收到外面世界的最新信息,书店甫一开业,立即招来大批读书人,周边各地的青年也纷至沓来,争相购买各种书籍。一见势头不错,书店又在旌德人口较集中的三溪、下洋两镇设了分店。短短几个月,辅仁书店就卖出了各类书刊3000多册。

在皖南炒面的香气里,这些散发着油墨香味的书籍,被山区青年吸进他们的精神之中,为广大青年积极参加革命活动提供了思想武器。

书店不仅传播革命真理,也成为党的秘密机关。

1926年4月,曹宣天离开旌德回芜湖,梅大栋与党员朱观发继续领导组织工作,党的活动一直没有中止。这年7月,中共党员谭梓生从上海回到旌德,也成为支部负责人之一。依托书店,他们在各个乡镇建立了联络点,并派出可靠的党员作为播种者去全县各地,梅大樑去东乡仕川小学任教,王瘦之在三溪黎明小学任教。这些学校都成为当时传播马列理论和革命思想的阵地。

随着革命理论的传播，当地党组织也得到了发展壮大。梅大栋在县城发展了王庭甫、汪君实、胡茂勋、汪青萍等人入党；谭梓生在下洋吸收了谭笑萍、谭铁肩、谭冰瓯等人入党；梅大栋在仕川介绍喻世良、汪守仁等 11 人入党，全县发展党员 30 多人。

有了这么多党员，各项工作推进就非常有力了，很快，农民协会和农民自卫军迅速地组建起来。到了 1926 年底，旌德全县农民自卫军就发展到 800 多人，主要分布在梅村、仕川、庙首、孙村、石井、三溪、朱旺等地。其中以仕川最为活跃，有自卫军 108 人，喻世良任队长。农协会员 80 多人，汪守仁任会长；女协会员 50 多人，葛阿毛任主席。

1926 年，旌德县的党组织遵照中共中央关于实行国共合作、拥护孙中山先生"联俄、联共、扶助农工"的三大政策的指示，帮助发展国民党组织，并要求共产党员以个人身份加入国民党。5 月，仕川村 11 名中共党员以个人名义加入了国民党，帮助成立了旌德县第一个国民党组织——仕川独立区分部，梅大樑担任分部执行委员。不久，国民党组织在全县各乡发展起来。梅大栋在城区建立了旌德县第一区党部，仕川改为第二区党部。朱旺、三溪、下洋分别建立第三、第四、第五区党部，全县有国民党员 200 多人。

这些数字在现在看来，可能是极其微小的。但仔细想想，在当时，在一个总人口只有 5 万人的山区小县，这些数字是多么了不起啊，而这背后蕴藏的力量又是多么惊人哪！

在当时的中国，很难找到像旌德这样一个地方，一个山区小县竟有如此多的年轻人集中参加革命、追求民族解放事业。在大革命时期出现的皖东南革命青年群体,后来被党史界称为“旌德青年现象”“皖南井冈的荣光”。

1926 年的夏天,旌德县城辅仁书店来了一位客人。

这位客人个子高大,鼻子也很大,他就是后来在延安时被人们称为“大个子”“大鼻子”“老柯”的柯庆施。

柯庆施出生于 1902 年,歙县南乡竹溪村(俗称水竹坑)人,他 14 岁离开家乡,到位于休宁万安的安徽省立二师求学;17 岁时因参加声援五四运动活动,被校方以“思想误谬”为由勒令退学;1920 年他在上海由杨明斋、俞秀松介绍参加了刚成立的中国社会主义青年团;1921 年赴苏联学习;1922 年在上海由张秋人介绍转为中共党员。

1924 年,第一次国共合作时期,柯庆施由林伯渠介绍参加了国民党,并由中共中央派到安徽工作,担任国民党(左派)安徽省临时党部秘书长。他利用合法身份,与当时负责中共中央军委工作的聂荣臻默契配合,积极开展兵运工作和武装斗争,同时争取到国民党(左派)的支持合作,加紧培训革命干部和武装力量。

1926 年夏天,柯庆施在辅仁书店主持召开了一次秘密会议,对国共两党的工作做了指示,他此行还带来了一个好消息——介绍一批先进青年去武汉学习。

此前,国民党(左派)安徽省临时党部在武昌开办了培训安徽党务干部的学校,柯庆施任校务委员会委员。这所学校为安徽省培养了一批革命力量。朱德、董必武、邓演达、柏文蔚、李立三、恽代英、施存统、彭湃、瞿秋白、徐谦等都为干部学校百余名安徽学生做过报告或讲过课。后来,柯庆施在回顾这段历史时曾说:“学校在名义上是国民党省党部办的干部学校,但中共的同志占了80%,教员都是我们的同志。”

当时,国民政府由广州迁往武汉,武汉于是成为全国革命的中心,一听说可以去武汉学习和受训,吴越、朱良桐、张照谟等一批旌德热血青年纷纷报名参加。

1926年秋天,梅大栋也被党组织派往武昌从事新的革命工作。离开旌德前,梅大栋将辅仁书店的工作交给吕文龙、胡庶民、汪青萍负责,农协会工作交由朱观发负责,国民党的工作交给汪君实负责,中共组织则由谭梓生和王庭甫负责。

第四章　炮火

一　旌德青年在武昌

秋雨连绵，门前的横皋溪上浮上了一层雾气；屋檐上的水滴沿着瓦沟滴落在檐下的石阶上，发出有节奏的声响。

这是 1926 年的冬天，梅大栋从安源回来才一年，现在又要远行了。这一年他四处奔走，很少在家落脚，尽管这一年春天他刚刚结婚。妻子朱少白是本县朱旺村人，她和他是 1923 年订婚的，嫁到三都梅村的梅家之前，她还不知道丈夫有一个身份是“共产党员”，只知道他是一个教书匠。直到曹宣天来到家中，和丈夫一起办起夜校，通过他们对乡亲们说的那些话、在深夜里谈的那些事，她才隐约知道,丈夫的工作是“革命活动”。

已有身孕的朱少白看着梅大栋收拾着行李,知道他又要远行了,不禁有些担心。

梅大栋收拾好后,又特意将一个小小的包裹拿出来,放进了行李箱的里层,按了又按,生怕丢失了似的。朱少白知道那就是那尊银像,被丈夫当作最宝贵的东西,走到哪里就带到哪里。他抬头看了一眼妻子,冲着她有些歉意地笑了笑。“汽笛一声肠已断,从此天涯孤旅”,这是青年毛泽东与杨开慧为革命而分别时写下的情诗,其实这种境况也是那时的广大革命者的家常便饭。

客厅里已经有几位青年在等着了,他们将跟随梅大栋一起去武昌参加学习。

“我们走了。”梅大栋说着撑开了雨伞,转身对母亲和妻子点了点头。

一群青年的身影融入1926年秋末冬初的雨雾里。

关于这一次行程,笔者在一本发黄了的党史小册子中发现当年一起去武汉的青年党员吴越的回忆文章,他在文章中写道:

>……我们分两批,离开旌德去武汉。
>
>我是跟梅大栋一起走的,先到芜湖,与各地同志会齐后,乘轮船沿江而上。到了武昌,先向安徽省党部报到,每人领了20元的津贴费。旌德县去了十几个人,都住在武昌斗级营小客栈内。先去的芮良、谭志清等人考入党务训练班,王庭甫被送入工农学校,我们3个学生代表(朱良桐、冯道和吴越)考入

北伐军总政治部的北伐宣传大队。这是邓演达、郭沫若、章伯钧等人负责的。宣传大队有 800 多名学员，当时要选拔 90 人去南昌受训。章伯钧是总政治部宣传科长、大队负责人，梅大栋在宣师时是他的学生。因这种关系，我们旌德 3 名学生代表都被选上，参加了南昌四眼井由朱德办的军官教育团受训。受训 6 个月后，我们 3 人均担任了北伐军第三政治部宣传大队指导员和宣传员等职。

梅大栋先在武昌安徽党务干部学校学习了一个月，后被调任共青团湖北省委秘书，当时团省委书记是贺昌，副书记是梅中林。王瘦之、王同年、王士桢三人到了中央农民运动讲习所学习，梅大樑则进了武昌大学政治系学习，担任该校青年团支部书记。

1926 年底，接梅大栋的函告，谭梓生又带着谭笑萍等人赴武汉学习受训。

这样一来，小小的皖南旌德县，一时间竟然有 20 多名青年在当时全国革命的中心武汉集中学习。他们在学习之余，经常在一起召开会议。聚会中，他们用浓重的旌德方言，一方面议论时政；一方面也不忘讨论如何蓄积力量，回到家乡，为革命找一条出路。

自 1926 年 7 月起，国民革命军出师北伐，9 月攻占武汉，革命风暴很快席卷长江流域。1927 年 1 月，北伐军即将进军安徽，值此之际，梅大栋敏锐地意识到机会来了。于是，在武昌斗级营小客栈，他主持召开了旌德县在武汉的共产党员会议，商议推翻旌德反动政府，赶跑县长黎在符。

会议决定，派谭梓生回县恢复党的工作，配合北伐军，推翻反动县政权。

事不宜迟，第二天，谭梓生即离开武汉回旌德。

一场新的风暴就此启幕。

二 “草鞋县长”

谭梓生回到旌德后，立即召集里八都、三溪、朱旺、三都等地的同志到县城开会，决定成立国民党县党部筹备委员会，迎接北伐军的到来。同时，他还派了汪君实、郑忠斋二人去绩溪县城，与即将到达的北伐军取得联系。

1927 年 2 月 28 日，北伐军二军六师抵达旌德南边的绩溪县，戴岳为师长，党代表兼政治部主任是萧劲光。大部队的旗帜沿途飘扬，隔着山川，仿佛也能听到革命军队的呐喊声，这阵势让旌德县知事黎在符丢下县府大印仓皇逃走，谭梓生等人顺利地打开了县教育局大门，开始进行迎接北伐军的筹备工作。

在军营里，不知萧劲光面对旌德来的汪君实、郑忠斋时，是否会想起安源的同事梅大栋，想起那尊梅大栋一路护送回到中国的马克思银像来。汪、郑二位向萧劲光汇报了旌德的局势，请求北伐军分兵进驻旌德并委派旌德新政权县长。

萧劲光沉吟片刻后说，六师此次北上，只经过宁国、宣城，不走旌德，旌德党内可推选一位县长候选人，报师政治部批准加以委任。随后，他让人送给汪君实和郑忠斋一批宣传品，带回旌德以做好宣传工作。

第二天,汪君实等人回旌德召开县党部筹委会议,推选共产党员谭梓生为县长候选人,报请六师政治部批准。

3月2日,原先逃跑了的黎在符,又带领了一批武装人员返回旌德,企图查封县党部筹委会。谭梓生与汪君实立即赶赴绩溪,请求北伐军给予武装支持。经师部研究决定,北伐军特派政治部第一科科长谢一环率领一连队于3月5日开到旌德,驱逐黎在符。

北伐军进入县城时,城内的居民在南门列队欢迎,城郊的老百姓也纷纷拥来,北伐军就此机会进行宣传鼓动。谢一环当众宣布,经二军六师政治部批准,旌德县民主政府即日正式成立,由中共党员谭梓生任县长。

3月7日,在北伐军的支持下,新政府逮捕了三都土豪方楚平、庙首劣绅吕少丞和县公署师爷黄宪民。次日,在县城张家坦召开斗争土豪劣绅大会,被捕的三人头戴高帽、胸挂木牌,站在台上低头认罪。会后,北伐军战士全副武装地押着他们游街示众。

3月9日,谭梓生正式接印视事,就任县长,成为旌德县历史上第一位共产党员县长。与此同时,国民党县党部正式成立,谭梓生兼任党部执行常委,汪君实担任执行主任。当天,人们在县城搭台唱戏,少年儿童排着整齐的队伍,手拿各色小旗,跳跃着,高唱着"打倒土豪,分田地,我们要做主人,齐欢唱……"

谭梓生就任县长那天,全县城乡的绅董依照惯例抬着一堆礼品前往县府拜贺。绅董们照例说了一番恭维话,另外也是想打听一下新县长的施政动向。谭梓生当场退回了礼品,并很不客气地对他们说:“各位,我们这个县政府是为穿草鞋的工农群众办事的地方,再也不是你们这些穿长袍马褂的衙门了。”一席话说得绅董们满面羞愧,拱手而退。后来,谭梓生“草鞋县长”的称号就在旌德传开了。

新政权成立后,各种群众组织又相继成立,农民协会、农民自卫军组织发展到各乡。“打击土劣”“严禁烟赌”“剪辫放足”,许多年后,这些标语口号还能在旌德一些偏僻乡村人家的土墙壁上看见,可以想见那时这些反封建活动在全县开展的深入程度。

这一时期,在旌德还发生了一件事,让民主政权的威望空前提高,以至于很多年后,老百姓还对这件事津津乐道,如同说大鼓书一般,那就是程朝干率众打盐卡。

旌德地处山区,交通不便,当时食盐要从现在芜湖市所属的湾沚码头运来,运费昂贵是盐价高的原因之一。另外,由于当时旌德隶属宁国府,吃的都是淮盐,而徽州府所属各县因邻近浙江省,吃的都是浙盐,淮盐和浙盐质量悬殊,淮盐盐商又往往在盐里掺杂沙石等,导致淮盐既黑且脏,浙盐却洁白而质纯,价钱还比淮盐低,因此,人们都愿意买浙盐。绩溪县属于徽州府,吃浙盐,旌德与绩溪两县相邻,民间多有亲朋关系,往来密切,于是,旌德人常到绩溪分界山、冯村铺、尚田等处购买浙盐。这样一来,淮盐滞销,盐商们大为恐慌,生怕丧失了这个有利可图的生意,他们便勾结官府,在版书、白沙、箬岭等与徽州接壤的边境设立盐卡,搜查往来行人的担子和包袱。卡兵查到行人带有食盐,不是收归已有,就是充公,还要罚款或按私贩条例治罪。

辛亥革命后,盐卡一度被撤销,不料没过几年,因为巨大的利益驱动,盐卡又恢复了。恢复后的盐卡比之前更加苛刻,他们甚至将检查的范围扩大到民家,常常借查私盐之名,到老百姓家去翻箱倒柜,敲诈勒索,今天这家罚钱,明天那家捉人,搞得人心惶惶。民主政权成立后,老百姓一致要求去除这一祸害。

农历三月初,在县长谭梓生的支持下,共产党员、旌德第一区党支部书记程朝干开始行动。经过筹备,这天,程朝干在将军庙吕家祠堂召开群众大会。会上,他向老百姓宣传革命道理,揭发和控诉盐卡的种种罪恶,号召大家要想吃上好盐,不受盐卡欺侮,就要除掉盐卡。老百姓听了,个个摩拳擦掌,恨不得立即把盐卡砸烂。群众发动起来了,程朝干带头,100 多名众冲向版书,一到盐卡,就将那所谓的"虎头牌"砸得粉碎,却没有找到一个盐卡兵。原来,老百姓们还没到,盐卡兵就吓得逃走了。版书盐卡一打掉,其他盐卡也就不打自散了,在旌德实行了多年的盐卡制度就这样被取消了。

三　山雨欲来

正当大革命浪潮风起云涌之际,社会政治风向却很快发生了转变。

1927 年 4 月,蒋介石在九江、南昌、安庆等地镇压工人运动,解散各地党部,进行反革命活动。先前望风而逃的"长袍马褂"们纷纷从芜湖、安庆回到旌德,乘机作乱,要求撤换谭梓生,另委任县长。

原驻芜湖的军阀王普是个投机分子，他之前投靠北伐军，转眼成了北伐军某军的军长，盘踞在皖南。在地方土豪劣绅的支持下，王普委任旌德三溪的王缩天为县长。4 月 15 日，“长袍马褂”们雇用了几十个人，聚集在旌德县城五里外的新桥头，迎接新县长，并高呼“拥护王缩天，赶走谭梓生”的口号。

县党部发动城郊 1000 余名农民在城北五里的新桥头形成人墙，阻挡王缩天进城。正在双方冲突之际，仕川村的农民自卫军接到谭梓生的快信，于是派汪守仁率领 27 名武装战士赶到新桥头。在群众的支持下，自卫军战士迅速逮捕了王缩天的几名随从，收缴了他们的枪支弹药。

如此阵势让“长袍马褂”们目瞪口呆，他们没想到，原先一盘散沙的农民们竟然有了如此强的行动力，更没有想到，一个“草鞋县长”竟能号令这么多民众。王缩天见到这个情况，只好返回了三溪。

“四一二”政变后，蒋介石在南京成立国民政府，电告各地召开“庆祝”大会，向国民政府发“贺电信”为其表功。作为县长，谭梓生先后两次收到南京电报，但他接电后断然拒绝，以示新政权的鲜明立场。然而，方楚平等土豪劣绅却对民主政府恨之入骨，他们拼凑了 8000 块大洋，到安庆省政府上下疏通关系。不久，安徽省政府便下令指派北伐军四十军贺耀祖的右派干将唐绍尧接任旌德县县长。

4 月 29 日，农历三月二十八，正逢旌德庙会，十里八乡的老百姓都进城来赶集，唐绍尧率领一队人马来旌德接任谭梓生的县长职务。

老百姓闻讯后，纷纷拥向县政府，仍主张沿用上一次阻拦的办法，保卫“草鞋县长”，保卫新政权。

一场恶战，如箭在弦，一触即发。

此时，一支6人的小分队隐入了县政府办公室中，他们是北伐二军六师秘书何凤山一行。受组织安排，他们在撤离南京路经旌德时，告知谭梓生当前的险恶形势。何凤山说，蒋介石叛变革命后，北伐军中很多共产党员被捕、被杀，当前形势极为险恶，要革命的赶快到武汉去。

何凤山翻身上马，小分队的马蹄声嘚嘚远去。

虽是春天，谭梓生还是感受到了阵阵寒意。他决定，为了保存革命有生力量，避免造成不必要的牺牲，必须制止有意上街阻挡唐绍尧来旌德的老百姓们，同时尽快让中共党员离旌转移。他迅速召开了政府各部门的会议，布置撤退工作，要求身份已经公开的共产党员立即撤离，同时安排尚未暴露的王庭甫等人留城坚持工作。

5月13日，谭梓生带领朱剑农等14人经里八都去屯溪古镇，再次奔赴武汉。

后来，谭梓生参加了通城县农民起义，并与罗荣桓、王武扬率领自卫军参加了毛泽东领导的秋收暴动。1927年11月，部队打下茶陵县后，谭梓生担任茶陵县县长，在我党我军革命历史上成为井冈山革命根据地的第一任红色县长。

当然，那都是后来的事了。

谭梓生离开旌德后，唐绍尧在全县实行白色恐怖，组织了“清党委员会”,大肆搜捕共产党员和进步人士。不到半个月,全县80多位共产党员和进步群众被捕被关押,县党部和各群众团体组织均遭破坏。谭梓生和他的父亲被当局以“勾结私党,狼狈为奸,纠合暴徒,蹂躏地方”的罪名受到通缉。谭梓生的家被封,财物被洗劫一空,全家老幼十几口人被迫逃往安庆避难。

旌德山城陷入一片血雨腥风之中。家乡的消息传到了武昌,坐在武昌的蛇山上,在1884年焚毁的黄鹤楼的废墟前,面对着长江北岸汉阳的龟山,梅大栋内心的焦虑与忧愤难以言说。

若干年后,后人们翻阅历史时会发现,就在那时,就在那地,毛泽东写了一首词《菩萨蛮·黄鹤楼》。毛泽东后来解释说,1927年,大革命失败前夕,心情苍凉,一时不知如何是好。或许这首词能够帮助我们想象那时无数如梅大栋一般的革命党人的心情:

茫茫九派流中国,
沉沉一线穿南北。
烟雨莽苍苍,
龟蛇锁大江。

黄鹤知何处?
剩有游人处。
把酒酹滔滔,
心潮逐浪高。

旌德青年们又一次在武昌斗级营小客栈开会讨论，最后，他们做出了一个英勇的决定：回乡起义。

四　血染上东门

喻世良、梅树基、谭笑萍、谭涵宇 4 人先行从武汉回到旌德仕川，随后召集王庭甫、汪守仁、程朝干等人在喻世良家楼上召开党员秘密会议，传达了上级关于"开展武装斗争"的指示。为打击反动势力，救出难友，会议决定扩大仕川农民自卫军队伍，联合旌德各乡农民举行武装起义。

当天的会，他们从吃过晚饭开起，一直开到了东方发白。会上，他们做了具体部署和分工，确定王庭甫担任攻城总指挥，负责组织城区一带农民自卫军，配合仕川农民攻城；喻世良负责带领仕川自卫军作为攻城主力；程朝干去西乡、北乡组织自卫军配合行动。这一群年轻的革命者计划于 5 月 16 日攻打县城，夺取县政府的枪支，赶走唐绍尧，恢复民主政权，然后扩大自卫军队伍，成立正式武装部队，再进军绩溪和屯溪，北上武汉，与北伐军会师。

开完会，下了喻世良家的阁楼，他们随即分赴各地组织发动。听着山村的鸡鸣，一行人的身影隐没在山间小道上，他们正在为暴动做最后的准备。

5 月 15 日晚，夜空明朗，月光如水。

田野上，新栽的稻秧暗自生长，秧鸡在水田里探头探脑，萤火虫在竹篱笆边巡游，山村一片静谧。

人们想不到，在隐秘的大山中，在穷人们的茅屋里，正汹涌着一股革命的豪情。

晚饭后，攻城主力——仕川村108名农民自卫军个个整装待发。午夜过后，自卫军武装已经整齐地聚集在本村下门喻氏支祠里待命。此时，一个身材魁梧、双腿紧扎、腰系皮带、背着一把大马刀的人，站到一块石碾上做战前动员报告。他，就是仕川自卫军领导喻世良。

喻世良打着手势，激情振奋地说："同志们，今天，我们的行动非同一般，是进行武装暴动、推翻反动政府的壮举，我们要像历史上梁山108将那样，成为革命的英雄好汉！"他宣布了进军路线，然后，一声令下："出发！"

108位自卫军战士擎着"农民自卫军"大旗，抬着自制的两门檀树大炮（炮身上还专门刻着"拥护谭梓生，枪杀唐绍尧"的字样）、扛着27支步枪和40多支土枪，以及大刀、长矛、虎叉等武器，从绩溪的考溪、楼下、三岔口的山间小道，翻越旌绩交界的楮树岭向旌德县城进发。与此同时，按计划，西乡的庙首、孙村、石井，北乡的朱旺、十五都及三都梅村等地的农民自卫军700余人也扛着土枪、猎叉、大刀，乘着大月亮，沿着崎岖的山路向县城袭去。

仕川主力军到达县城瑞市桥头时，却发现情况不对劲：他们既没有见到在这里等待接应的暴动领导王庭甫，也没有见到其他各路自卫军。这让他们深感意外，一定是什么环节出了问题。时间紧急，他们立即赶到城墙下，却发现城墙上人影黑压压一片，才知道敌人早有准备了。

原来,就在15日晚上,暴动总指挥王庭甫在城东瑞市桥头的太子殿内秘密召集城郊自卫队伍发表演说时,不提防被唐绍尧所派的奸细混进了会场,致使行动方案泄露。唐绍尧得知情报后,一方面派奸细抄小路奔往仕川讹传时间,诱使仕川队伍提前到达;另一方面派人埋伏在太子殿外,暗地跟踪逮捕了王庭甫等7位自卫军首领。同时,唐绍尧还加强了城防兵力,对城墙四周的七道城门也提高了警戒。而且,当天前往绩溪县就任的新县长陈礼本路过旌德,随从的20多个持枪护卫也成了唐绍尧的新军事力量。

仕川自卫军见此情景,一时有些慌乱,部分战士自行其是,没有接到命令,便对着城头开枪射击。双方接火以后,枪声响成一片。

攻难守易,战斗一打响,自卫军就遭到了敌人的猛烈还击。自卫军点燃了一门檀树炮,因锅铁装得太多,炮身被炸裂,没有什么杀伤力。不过,震耳欲聋的声音还是让城内的敌人不知虚实,不敢出城。因此,另一门檀树炮不再点燃。

双方对射了一个多小时,仕川自卫军不见各路援军前来,只好在天亮前撤离。因离城较远,队伍没有大的伤亡。西北乡各路自卫军听说仕川队伍撤走,县城没有攻破,便停止前进,半路返回,未投入战斗。

这次暴动,因准备仓促,组织不严密,缺乏实战经验而失败。5月16日上午,总指挥王庭甫、县农会会长宋奎元、三都农民自卫队长朱甲、朱旺自卫军队长李会全及其他自卫军骨干乐其发、王观明、张有德、张观祥、方桥金等13人被杀害于旌德县城上东门外河滩上。王庭甫牺牲时年仅25岁。

5月17日，唐绍尧派出几十名武装军警去仕川“清剿”，县政府贴出布告：“凡仕川暴动分子，皆以共产党论处！”白色恐怖笼罩着旌德，参加暴动的农民和共产党员纷纷离乡背井，转移外地，自卫军的枪支也全被收缴。

2022年初夏，与当年一个差不多的季节，笔者行走在山城旌德，向人们打听上东门外当年的杀人场，他们都摇摇头说不知道。但是他们都知道上东门桥，皆指着一座古桥说，那儿，那里就是上东门桥。

这是一座五孔四墩的石桥，徽水河上的晨雾尚在桥洞里弥漫。

我走到桥头，发现其上立着的保护碑文上写着的是它的正式名称：淳源桥。“淳源”的寓意是，希望这桥像徽水河一样既淳朴又源远流长。我不知道当年王庭甫等13位革命者被杀的具体方位在哪儿。我站在桥头，听着桥下妇人用木棒槌拍打衣服时发出的有节奏的訇訇声、男孩骑着单车双手撒开车把秀着车技从桥上一滑而过的车轮声、穿着花裙子高跟鞋的女孩踩着石桥面时发出的好听的咚咚声，我忽然为这日常的安宁声音而感动不已。

第五章　栋梁

一　兄弟回乡

丁卯兔年的腊月三十(1928年1月22日)异常寒冷,前一天恰是大寒节气,北风呼啸,刮起的碎石粒在瓦屋顶上骨碌碌滚动,恭贺新年的红灯笼被风吹得摇晃着灯影。

梅家一家老小正在吃年夜饭,零星的鞭炮在村庄里炸响。这本来是一个普天同庆的日子,但梅家笼罩着一股凝重的气氛,连梅大栋才3岁的儿子小书华都感觉到了,他在朱少白的怀里看看这个又看看那个,嘴里喊着"叔叔、叔叔"。

是的,小书华的叔叔梅大樑一直没有回来,可他应该早就回来了呀。

1927 年 7 月 15 日，汪精卫在武汉发动反革命政变，大批共产党员和进步工人被杀害。大革命失败，梅大栋和梅大樑等旌德青年被迫离开武汉回到家乡。

但大栋和大樑兄弟俩不是一同从武汉回到旌德的。

梅大栋 8 月离开武汉后，先是到了皖南芜湖。当时，中共安徽省临时委员会已经成立，柯庆施任书记。梅大栋向柯庆施请示后，与鲍沧等人一起，负责筹备芜湖市工会。梅大栋到芜湖裕中纱厂、大昌火柴厂、面粉厂等地活动，联系人力车夫，三帮码头、棉织业、驳船业的工人，成立行业工会，发动工人向资本家斗争。

关于这一段经历，1987 年 12 月 4 日，寓居贵阳市的鲍沧曾经向党史部门人员回忆起，他说："梅大栋与我最友好，公交私谊均较浓厚。他一到芜湖，就住在我家里，身边带的贵重物件也寄放在我家。记得他带有一尊马克思塑像，他说是从安源带到武汉，又从武汉带到芜湖，这是历史珍品。"

感谢鲍沧的这一段虽简短却弥足珍贵的口述，让我们知道了，血雨腥风中，梅大栋是怎么样保护着这尊马克思银像的。

根据相关记录推断，梅大栋应该是 1927 年 11 月从芜湖回到旌德的。

之前在武汉学习受训的旌德中共党员王瘦之、王同年、王士桢等人于 1927 年七八月份先后回到了旌德。8 月，他们与西乡党组织负责人谭笑萍取得了联系，在下洋村成立了中共旌德特支，谭笑萍任支部书记，秘密恢复三都、仕川等地的党组织，继续开展地下工作。

关于这一时期的情况,1927 年 10 月的《中共安徽省临委关于党务工作概况给中央的报告》中有这样一段描述:“旌德本有同志数人,但未有正式组织,后以农民暴动失败(围攻反动知事),被杀者被杀,被捕者被捕,余亦逃亡在外。由此省临委委派王瘦之等 3 人返旌工作,现已有同志 5 人正式成立特支。旌德前反动派,施行极大屠杀,致使一般农民群众及小资产阶级均十分左倾,故该地本党前途必有很大发展也。”

梅大栋回到旌德后,加强了特支的领导力量,党组织进一步扩大,在西乡和北乡各地共建立了七个党小组,发展党员 30 余人。

1927 年,梅大樑 18 岁,经风历雨的他显得更加成熟了。这一年 3 月,他被调到湖北团省委干部学校学习,聆听了中央农委主任毛泽东的讲课。“四一二”政变后,干部学校学员举行了“讨蒋”请愿活动,梅大樑是这次活动的骨干。6 月,梅大樑离开干校,仍回武昌大学负责青年团的工作。7 月,“七一五”政变后,武昌大学组织了“清党委员会”,学校团组织遭破坏,梅大樑按照安排应该也将离校返旌。

而梅大樑却迟迟没有回来。

据曾同在武昌学习受训的同乡梅树基后来回忆:“我第二天(1927 年 9 月 5 日)就乘车北上到武昌,在武昌大学找到梅大樑。除大樑在校读书外,旌德在武汉的都先后离开,过了两天,我也买了去安庆的船票。1927 年 9 月 9 日下午 4 时,我和大樑在汉口太古公司的轮船上分手,沿江东下,第三天下午到了安庆……”

梅大樑为什么没有回呢？原来，作为武昌大学青年团的干部，他主动要求参与善后工作。就这样，一直忙碌到旧历年底，那时，白色恐怖更甚，梅大樑已经被武汉当局的特工盯上了。

大樑的一切，梅大栋并不知道，他也曾托人去打听过，但一直没有得到确切的消息。

沉闷的除夕夜晚餐结束时，村里的狗突然叫了起来，梅坤荣不由得往门外望去。不一会儿，大门被叩响。

梅大栋跑了上去，刚一打开门，一身风雪的梅大樑就一头撞了进来。

大家纷纷围了上去，一家人终于团圆了。

“热菜，上酒，再吃年夜饭。”梅坤荣高兴地说。

梅大樑却说：“我得先找双鞋穿上。”

大家这才发现，梅大樑只有一只脚上有鞋，另一只脚是光着的，已然冻成了红萝卜。

“这是怎么了？”朱少白问。

梅大樑笑着说：“嗨，只顾一路跑，也不知道什么时候鞋跑脱了。”

原来，腊月二十六这天，梅大樑还在学校办公，这时，有一位朝鲜同学敲门告诉他，外面来了许多兵。

梅大樑闻讯，立即将重要文件揣在身上，又将抽屉里的五块大洋放在荷包里，将后门一开，上了蛇山。站在山上，他看见士兵已经将学校前后门把守，并且抓了三四个学生出来。梅大樑赶紧往黄鹤楼方向跑去，出汉阳门，过江到了汉口，上了英国太古公司的轮船。

腊月二十九，梅大樑到了芜湖，步行到南陵榔桥河，再乘夜行小船，一路紧赶慢赶，才于除夕夜到了梅村。

喝着酒，吃着年夜饭，梅大樑抱歉地说，这一次回来，什么东西都丢掉了。

母亲梅坤荣和哥哥梅大栋都安慰他说，东西丢掉就算了，只要人回家就好。

就这样，在武汉的旌德青年革命者又聚集在山村。

1928 年 2 月，特支在西乡下洋村召开了旌德县党义研究会第一次会议。出席会议的各乡代表有西乡的谭笑萍、谭铁肩、谭冰瓯，东乡的梅大栋、梅大樑、王士桢，北乡的纪书年、王瘦之、王同年，朱旺一带的代表是朱剑农、方明等。

会议的地点有点特别，选在谭笑萍家的机器水碓屋里。溪水哗哗冲击着水磨盘，带动着舂米机，水声轰鸣，这真是一个绝好的会议场所。遵照省临委的指示，革命者们在水声中讨论着建党宗旨、党的组织、宣传、训练、农运、工运等方面的具体工作，并形成了决议。这次会议决定建立全县平民教育事业促进会和基金管理委员会，以推进教育事业的名义，在教育界开展与反动势力的斗争。

当时，旌德教育局局长江养吾，思想反动，买通了县长吕宝璋，贪赃枉法，侵吞教育经费，引起全县教师的强烈不满。特支决定利用这个机会，东西乡党组织联合行动，散发《倒江请愿书》，在全县发起“倒江运动”，同时上书省厅，要求撤换江养吾的局长职务。

这一下如同捅了马蜂窝，反动县长吕宝璋立即反攻。4 月，吕宝璋成立了“国民党整理委员会”，委任江绍良、曹升之负责“清党”。幸运的是，曹升之恰是梅大栋的四师同学，于是，梅大栋以协助工作为名，通过曹升之的关系，进入了“整理委员会，掌握了不少吕宝璋们的内部情况”。

8月，在一次县教育会议期间，梅大栋给会议代表汪易如写了一封信，信中说：“要争取教育经费，必先争取教育领导权。”不料此信落入江养吾手中。于是，江养吾拿着这封信向县长吕宝璋控告梅大栋，说梅大栋是共产党，“要公开夺权了”，并将情况上报给省政府。不久，省政府派中统特务江植之（旌德西乡江村人）到旌德任“党务整理委员”。

江植之一上任，便和吕宝璋、江养吾勾结，策划破坏教育事业促进会。他们开始编织一张严密的大网，要一网打尽这一群年轻的革命者，其中，梅氏兄弟更是被列入黑名单的榜首。

二　案惊蒋介石

江植之这边刚刚准备搜罗“罪证”，那边就有人主动给他递刀子了。

这人名叫赵允鸿，是三溪小学的一名教员，他曾多次参加“平民教育促进会”的会议，他认识梅大栋和梅大樑兄弟，更隐约听说，梅大栋还藏了一尊银像，那是共产党的“神像”。于是，他直接去吕宝璋那儿告密说，梅氏兄弟组织什么平民教育促进会，反腐是幌子，实际上他们是共产党，平民教育促进会就是地下组织。

这个消息让吕宝璋十分兴奋。1928 年 11 月 18 日,他在县城抓捕了正在开会的梅大栋等人,又连夜率军警赶到八都仕川去抓梅大樑。

11 月 19 日早上,梅大樑正在仕川小学给学生们上课,一节课还没上完,就被来人从课堂上直接抓走了。军警们随后在梅大樑的宿舍里搜到了部分革命书籍,这更让他们兴奋,这可是坐实了梅氏兄弟的共产党员身份哪。

就这样,大栋与大樑双双被捕入狱,相继被捕的还有梅树基、谭笑萍、芮良、冯道、谭鉴等 10 多人。

这一事件经县上报给省政府,当时安徽省政府主席陈调元是个对政治十分敏感的老官僚,他立即将此案呈报到南京国民政府。不妨摘录部分内容如下:

> 据安徽省政府主席陈调元呈称,案据旌德县县长吕宝璋呈称:"窃属共产党首领梅大栋、梅大樑等秘密集会,希图捣乱一案,业经先后电呈在案。经控悉地点后,于 11 月 18 日(1928)星夜亲率警队驰赴里八都仕川学校,搜获《无产阶级之哲学》《中国青年》《独秀文存》等共产书籍多种、'第一次会议记录'等件。同日,令派公安局长叶仲兰赴三都梅大樑住宅、城内油榨巷梅大栋寓所及朱旺村成志小学、三溪小学等处搜有《列宁纪念册》《列宁号》《新青年》《前锋》《马克思主义民族革命论》《社会主义论集》《俄国新经济政策》《农民国际》《响导》等书籍多种。'中国国民党旌德县党部执行委员会''新少

年社'图章各一颗。查该会议记录内载:一、报告;二、讨论;三、民众运动。报告项下有:我们要取得群众,指示群众出路;中国现在革命是资产性的民权革命;严密组织,加强训练等语。讨论项下又分为组织、宣传、训练、研究,其组织有小组长、主任、活动分子等名目。小组长每十日报告一次,组长联席会议每月一次,活动分子每半月一次,以改造社会为手段,实现主义为归宿。关于青运者,有学联会、自治会、讨论会、讲演会、新剧团、青年俱乐部、农民自卫军、平民学校等。而其农运组织:青农占80%,成农占20%。其经济地位:贫青占60%,富青占20%;贫成占15%,富成占5%。关于教育者:组织教育基金管理委员会、平民教育促进会等,以非常行动取得小学教师位置。以青社取得领导权,检举土劣,秘密印发传单。似此秘密行为,显系意图捣乱,倘不破获,则后患诚不堪设想。同日,党务指导委员会党务委员江植之在干事冯道卧室发现共产党秘密函件,即将冯道遣送由公安局转递在押。党务指导委员会曹升之,平常与梅大栋有密切关系,业已知情逃逸。梅大栋已办有平民学校,所有课本皆含有共产性质。而梅大栋已组有教育促进会、教育基金管理委员会、青社等团体。核与会议记录所载业已见诸事实。所有梅大栋、梅大樑、冯道及侦缉有年之芮良(庶康)、谭笑萍等已在押,继续侦察证据候示核办外,其他与梅大栋秘密集会有重大关系如成志小学校长汪概、三溪小学教员王同年、纪书年二十余人,应否一并拿案讯究?复查共产党徒素持暴动与屠杀之主张,而变从夺取教育机关以利宣传手段。各省县难免有相同情形,应否转呈国民政府通令各省注意一体严密防范?理合附抄会议记录二份,呈请鉴核施行。”等因,并抄呈党义研究会第一次代表大会记录二份。

……

据说这一案件层层呈报上去后,最后到达了蒋介石的案头,蒋阅后频频拍桌,十分震怒,特令国民政府以《国民政府第十五号训令》的形式通告全国各省市政府,此案成为震动一时的大案、要案。

三　越狱

梅大栋被狱警推进了牢房里,哐当一声,牢房的门关上了。

梅大栋、梅大樑兄弟被捕后,分在两处牢房关押,由不同的人看守。

梅大栋跌跌撞撞地站稳后,看了看牢房四周,发现牢房角落里还睡着一个人。

这人一副农民打扮,他借着从高高的窗户上洒下来的光线看着梅大栋,忽然说,梅先生,怎么是你?

梅大栋奇怪地问,你认识我?

原来,大概是为了羞辱这位革命者,政府当局故意将梅大栋与这位姓吴的“偷牛贼”关在了一起,而将梅大樑另行关押,严格看管。这个“偷牛贼”外号“吴老三”,是泾县人,据说是因为偷了地主家的耕牛被抓了进来。

老吴看左右无人,竖起大拇指,小声说,我晓得,你是我们这边的这个,我在集市上听过你的演讲,你讲得太好了！还有你们教唱的那些歌,有的也传到了我们那边呢。

梅大栋好像忘记了这是监狱,他很快就和这位农民聊了起来,越聊越熟。

与此同时,中共旌德地下党组织在得知这批党员同志被逮捕入狱的消息后,委派张照谟、王士祯等人积极开展营救工作。

为了不引人注目,张照谟等人安排大栋、大樑的二舅舅刘银贵代表亲人常去狱中探视他们。由刘银贵经常带些衣物、银圆、食品等交付他们,顺便探听一些狱中的消息。

负责梅大栋的看守姓陈,穷苦人家出身,恰好又和吴老三相熟,顺带着对梅大栋也就有些好感,并不太为难他。

刘银贵送来银圆后,梅大栋就常请看守到外面带些酒菜回来,和看守老陈一起喝酒、聊天。经常这样吃吃喝喝,所以对他这边的看管也就放松一些。

而梅大樑那边呢,看守却很严。每次二舅舅刘银贵过去探视,看守都紧紧盯着,想说句话都不容易。

这样过了几天,吴老三瞅个无人的空当,悄悄地问梅大栋,梅先生啊,你不像我,你是要做大事的,你留在这里迟早要被杀头的!我无所谓,到哪里都是吃饭、睡觉。

梅大栋笑笑说,流血牺牲的事多了去了,干革命就要随时准备着被杀头,但,值得!

吴老三又竖起大拇指说,真英雄啊。他说着,将头凑过来,在梅大栋耳边说,哎,你想不想逃出去呢?

梅大栋眼前一亮,问,你有办法?

老吴做个手势,示意不要出声,然后变魔术般,悄悄从墙角睡觉的草堆中摸出一根筷子来。原来,不知何时,吴老三趁看守不注意,悄悄藏了一根筷子。

梅大栋明白了,他点点头,这天饭后,他也依样藏起一根竹筷子。

这天,刘银贵再来探视的时候,梅大栋悄悄告诉了他自己的越狱计划。

第三天,张照谟等人就做了两个大饼,特意让刘银贵将这两个饼带给梅大樑,同时嘱咐刘银贵说,你就站在一边,看着他吃完。

此后,梅大栋和吴老三每天趁看守不注意,就开始用筷子尖悄悄挑去一点牢房墙缝上的泥土,挑去一些之后重新堆上稻草,并用马桶挡住。那时的墙壁多用土砖砌成。这样过了很多天,墙壁就已被挖出一个洞来,但砖块依然摆放在那里,前面再用稻草和马桶挡住,不仔细看是看不出什么异样的。

到了计划越狱的那一晚,梅大栋还同往常一样,掏钱给看守老陈,让他从外面带回些酒菜,三人照例在一起喝酒。

梅大栋和吴老三你一杯我一杯,很快就把看守老陈灌得醉醺醺的。看着时机差不多了,梅大栋就对吴老三使个眼色,两人就开始装着不胜酒力,倒头睡去,还慢慢发出酣畅的呼噜声。看守老陈见状,踉踉跄跄地爬起来,锁上了牢门,也去休息了。

等到夜深，看守老陈还有点不放心，又过来连叫了几声“梅先生，梅先生”，听到梅大栋含含糊糊的回应声，这才放下心来继续睡觉。

城外钟楼上敲响了子时的钟声，吴老三侧耳听了听，说，老陈睡得正香呢，梅先生，你先走。我暂时留在这里看看动静，过一会儿再来。

梅大栋迅速脱下外衣，裹上稻草，摆出个人形模样，上面用礼帽盖上，做出平常自己朝里酣睡的形状。紧接着，他又用马桶挡住牢房门上观察窗口的视线，一块块拆下墙上的土砖，钻出牢房，摸到城墙边。

吴老三依然靠里躺着，一边装睡，一边细细地听着外边的动静。见没有动静，老吴便也依样在自己的铺位上摆个人形，钻出牢房，也摸到城墙根。

城墙边，早有刘银贵和住在城内的一名地下党员带着两把雨伞守在那里。按照原先的计划，几个人躲在那里继续等梅大樑。然而，左等右等，等了大约一个时辰，却始终不见大樑的身影。

那位地下党员就问刘银贵，那天你看着大樑吃饼了没有？

刘银贵说，我是看着他吃完的。

那人又问，他当时是怎么吃的？

刘银贵稍稍想了下说，可能是太饿了，他也没细看，两个饼重叠起来，三口两口就吃完了。

那人说，不好，他定是没有发现其中的字条！

原来，就在其中一个饼的中间夹有一张字条，上面告诉梅大樑,也用筷子撬砖这样的方法,然后约定好越狱时间之类。梅大樑许是饿急了,偏偏没有发现,连纸条也一块吃了。

又过了很久,城郊人家的公鸡开始打鸣了,天边快要亮了,实在不能再等了,四个人这才陆续上了城墙。

带来的两把雨伞,一把洋伞,一把纸伞,原本是为梅大栋和梅大樑准备的,这会儿正好给吴老三一把。老吴执意要把洋伞让给梅大栋,说自己身体好,用纸伞就行。梅先生身子弱,又被关了这么久,理应用这洋伞。

这样,梅大栋和吴老三就一个用洋伞,一个用纸伞,一前一后跳下了城墙。因城外另有接应,刘银贵和城里的那位地下党员仍回城中去探听消息。

利用撑开的伞来减轻下坠的重力并没有起到多大的作用,跳下城墙后,梅大栋和吴老三两个人的腿部都受了较重的伤,一时无法站立,更不要说行走了。这时,一直守候在城墙外的张照谟、王士祯等人便背着梅大栋和吴老三,一南一北向不同的方向迅速转移。

张照谟背起梅大栋,翻山越岭,穿越西山古道,到了外三都。这一路跑得匆忙和急切,到了外三都,张照谟累得大口喘气,话都说不出来了。

梅大栋此后就藏身于外三都堂哥梅树基的表舅老黄家后山的一个稻仓里(当时,皖南山区人家一般都有一个这样的稻仓,是用木板打制的,封闭良好,开口处有活动闸,用来储存粮食),表舅家的一位老太太每天则系着围裙、包着“火篮子”(当地冬天的烤火用具)，装作烤火的模样，上面热着饭，慢慢走上山，去给梅大栋送饭。

四 智逃

天黑的时候，三都联保主任方楚平接到了一封信，信是梅大栋写来的：

> 楚平兄，托中山先生洪福，我已平安离旌，抵达芜湖。明日将与友人一同前往日本。家中慈母无人照应，望能转报平安，并盼关照。

方楚平将这一封短信研究了好一会儿，没错，字是梅大栋的手迹，信内外加盖“芜湖总工会”大印，邮戳也显示是从芜湖发往旌德的。他捏着信，连连摇头，他有点想不通梅大栋是怎么逃脱的，因为梅大栋这个案子都惊动国民政府的上层了，所以全县层层关卡严防死守，“连只苍蝇都飞不走”！

于是，方楚平带着这封信连夜赶到县政府向县长吕宝璋报告去了。吕宝璋看了信后，十分生气和沮丧，但又没有别的办法，只好撤去各处设置的哨卡，仅派人监视县城及三都梅村等梅大栋经常出没的几处地方。

其实，此时梅大栋还在梅树基的表舅老黄家，他一直在那里养伤，为安全计，旌德地下党组织只派张照谟一人常去探视。张照谟等人装着无所事事，整天在村子里四处晃悠，一为观察哨卡情况，二为打探消息。这样过了一段时间,感觉哨卡有所松懈,明的已经撤去不少,但依然有不少暗哨。梅大栋伤也好了大半,急需尽快转移。

党组织就定下一计,由梅大栋亲笔写一封信,派第一党支部的组织委员张照谟送往芜湖,再从芜湖寄回旌德。为不使外人,特别是一直紧盯着梅家的方楚平起疑,张照谟必须在一天一夜的时间里从芜湖赶回旌德,还得像平常一样,在村里四处露面。

梅大栋写完这封信,张照谟贴身藏着信件,连夜抄小路,过柳溪,步行赶往芜湖。

张照谟到了芜湖,将这封信内外加盖"芜湖总工会"的大印,再由芜湖发往旌德。做好这一切,张照谟就到芜湖的驿站,挑了一匹快马,快马加鞭,迅速往回赶。

在泾县驿站,张照谟又换了一匹好马,急急忙忙赶往旌德。路过蔡家桥镇,这里两山夹一洼,仅一条小道通过。不巧,他迎面遇上了国民党县党部一个姓陈的秘书。

参加三都补习学校时,张照谟参与过几次上街游行宣传活动,经常抛头露面,想必姓陈的这人觉得他很面熟。这人当时坐着敞篷轿子,带有一支10多人的枪兵队,大概是去三溪一带检查工作。

道路狭窄,张照谟见无法避让,只得将礼帽帽檐往下重重一拉,骑着马,低着头,伏着身,装作不慌不忙的样子从队伍旁经过。

快走到队伍的尾部了,这时,县党部的秘书像是突然想到了什么,回过头大喊起来,喂!那个骑马的,你站住,你是不是旌德人啊?

张照谟粗着嗓子说,不是,我是泾县的！他说着,又拍着马继续向前。

没走几步,那位秘书回过头又喊起来,喂！你站住！我看你就像旌德人!

张照谟侧过头瞟了一眼,照着马屁股狠狠抽了一鞭,故意丢下一句粗话:放你妈的屁,老子就是泾县人！他赶着马,瞬间与枪兵队拉开了好几百米距离。等那个姓陈的反应过来,他早已转过山嘴,不见人影了。

张照谟回到村里,还像往常一样,四处露面,并故意在方楚平面前多次出现。没几日,方家就收到了这封信。这封信是故意写给三都联保主任方楚平的,因为料想他收到此信必会去县政府告密,果然,方楚平上当了。

不过,明的哨卡撤掉后,县政府贴出了通缉令,并出了很高的赏格:知晓梅大栋隐匿处而报信的,赏银洋二百元;捕获梅大栋并送来者,赏银洋八百元。这个赏格让当地一批地痞无赖兴奋起来,他们整日到梅家的亲朋好友家里搜查盘问,闹得村里的狗一见到他们就拼命地逃窜。

此时,大家正在积极谋划,想办法通过其他路径帮助梅大栋离开旌德。梅大栋脚上的伤这时候还未痊愈,还不能走远路。所以,梅大栋要想离开旌德,必须有人护送。

张照谟等人分头探路。每条离开旌德的古道,他们大多试着全程走过。往芜湖方向肯定不能去了,因为给方楚平的信上写的就是到芜湖。经过反复比较,大家一致认为,向西走比较安全。

向西，也就是翻越大岭头，走旌歙古道，经歙县，下杭州。

这样，整个计划实际上就采用了“声东击西”之计。这天深夜，张照谟和刘银贵两人去外三都，到梅树基表舅家后面的山上，把梅大栋背了出来。王士祯等人早候在村口悄悄接应。

多年后，梅树基回忆说，当时，梅大栋要离开旌德，连盘缠都没有，还是表舅老黄向人借了七十元钱送给梅大栋的。梅大栋离开之前，老黄还特意翻看了一下历书，他说，十一月初十是个黄道吉日，宜出行。于是，初九这天，老黄就上街买了锡箔香纸等，夜里对天焚烧，一边烧一边祷告，老天保佑大栋出去一路平安。

迷信的老黄在黑暗中烧着香纸祈祷，微弱的火光不时地照亮老黄家的柴棚、牛栏、老牛的大眼睛，在一旁的共产党员、无神论者梅大栋见此会做何感想？他一定不会嘲笑老黄的，相反，他的心里一定是既沉重却又升腾起一种革命者的责任感来。

逃亡的这一路，开始主要是防备着村里的方家，怕方楚平知道后会再去告密。几个人这样轮流背着梅大栋，绕过村子，又从村子后面走小路，上古道。

大家背着梅大栋，沿着旌歙古道，一直经过白地乡高甲，上了徽青古道的岭头，王士祯他们回去继续留意村里的情况，剩下张照谟和刘银贵两人，继续轮流背着梅大栋，沿着徽青古道，向歙县方向连夜赶路。

这样又走了很久，踩着薄霜，他们的脚印一行行印在了古老的石阶上，在越来越密的鸡鸣声中，天边也渐渐亮了。出了古道，再绕过歙县县城，一行三人一路走到歙县南源口村，来到了新安江边的渡口。

到了这里,张照谟仍从徽青古道原路返回旌德三都。只留下刘银贵,由他继续陪着梅大栋,两人一起上了去杭州的船。这样一路顺风顺水,平安到达杭州。

梅大栋到杭州后,马上搭乘火车去了上海火车站,然后设法与党组织联系上了。

五　栋走梁塌

梅大栋跳城墙成功越狱后的那天凌晨,三都梅村表面上一如既往地宁静。

走在村路上,背着布包袱的梅坤荣心里突然莫名地慌乱,她听见村口的大枫杨树上,有只苦恶鸟正在叫,叫得有几分凄厉。梅坤荣一大早就上街去,是要给小儿子大樑买点布料,给他做身新衣服,另外去给孙子书华请个郎中回家。小书华前一天忽然发烧、咳嗽,一张小脸烧得通红,这让她很不放心。她回头看了一眼老屋,迟疑着,最后还是往街上去了。

因大栋的妻子朱少白带着大栋的大女儿伊万回到了娘家朱旺,老屋里只剩下大栋的妹妹梅竹娥。她一个人在家照顾两个小孩。其中,一个是她自己的女儿,也就是大栋的亲外甥女梅兰英,才刚刚 7 岁,另一个,也就是大栋还只有 3 岁的儿子,正在生病的梅书华。

冬天的山村,天还没亮透,寒星孤独地悬挂在天幕,好多人家仍在睡梦里。

突然，宁静的山村里犬吠声声，一大批军警冲到梅家。他们持枪包围起梅家房屋四周，然后用力砸着木头大门："开门！开门！"

屋子里的梅竹娥吓得一把抱住了两个孩子，她不知道发生了什么事，哆嗦着从床上爬起来。还没等她去开门，军警已经从外面将大门的门闩撞断了，他们大叫着，用黑洞洞的枪口对着梅竹娥和两个孩子。

梅竹娥浑身发抖，两个孩子刚从睡梦中醒来，见到这群凶恶的陌生人，吓得大哭起来。

军警们哗啦啦冲了进来，一个个拿着明晃晃的刺刀逼问，说，梅大栋去哪里了？

梅竹娥摇摇头，说、不，不知道。她确实不知道。

两个孩子一直躲在床上，蒙着被子哭泣着。

军警们撇开梅竹娥，用刺刀挑开两个孩子身上的被子，将小书华从床上一把拖起来，逼问他，快说，你老子躲到哪里去了！

小书华哭得更厉害了，他咳嗽着，手脚抽搐，眼睛上翻，已经奄奄一息了。

梅竹娥赶紧上前抱住小书华，她对军警们说，求求你们了，他在生病啊。再说，3 岁的小孩子，他什么也不知道啊。

军警们又问梅竹娥，活人你们不知道，那不动的东西你们总该知道吧？快说，你们把那个大胡子银像藏在哪里了？

梅竹娥摇摇头说，什么银像铜像的，我一点也不知道啊？

见实在问不出结果，军警们便开始翻箱倒柜，一遍又一遍地抄家，自然什么也没找到，便进一步开墙破壁、挖地三尺，搜寻马克思银像，连梅家的门槛石条都被撬断成几截……随后他们将梅竹娥和两个孩子赶出了门，什么都不让带，用木条、洋钉钉上大门，并贴上封条。

这是一个苦难而悲情的早晨。

就在军警闯进三都梅村的梅家抓捕从狱中逃脱的梅大栋时，在旌德县城郊一处河滩上，梅大樑被枪杀了。

在梅大栋成功越狱之后，伪政府县长吕宝璋气急败坏，连夜紧急提审梅大樑。

吕宝璋问，梅大樑，你兄长现在已经越狱潜逃，就剩你一个还在这里受罪，你做何感想啊？

梅大樑听到这话，心里替哥哥高兴，他想起老师恽代英曾说过的话："我身上没有一件值钱的东西，只有一副近视眼镜值几个钱；我身上的磷，仅能做四盒洋火；我愿我的磷发出更多的热和光，我希望它燃烧起来，烧掉过老的中国，诞生一个新中国！"由此，他更加坚定了自己的信念。他对吕宝璋说，感想？幸福啊！这是我最大的幸福！我兄弟二人今日还能留下一个，继续为革命出力，这是我从来没有想到的！我真没想到！这是我一生最大的幸福！

吕宝璋见利诱不成，就决定用刑，灌辣椒水、手指钉竹签……酷刑一一用过，梅大樑始终未说一字。当时，吕宝璋逼问他，要他招供出旌德县还有哪些人是共产党。

梅大樑指着吕宝璋的鼻子大骂，整个旌德县除了你吕宝璋，其他人哪个不是共产党？除你之外，男女老幼，他们全都是共产党员！

见什么招数都不起效，吕宝璋怕梅大樑也被共产党员营救出去，决定将他押赴刑场立即执行枪决。

行刑队带着梅大樑从旌德县城大街上经过。

这一路上，走过街巷，遇见人多处，梅大樑就高喊：

“打倒土豪劣绅！

“打倒贪官污吏！

“打倒贪官吕宝璋！

“将来世界，必是赤旗天下！”

走到县城北门外丰干里，河滩上芦花飞白，孤雁哀鸣。军警押着梅大樑，问他可还有什么要说的。

梅大樑哈哈仰天大笑，大喊一声：“为革命而死，值得！十八年后，我还是一条好汉！”

枪声响了。

梅大樑的胸口开出了一大朵血色梅花。

他是旌德党史上入党年龄最小、牺牲时最年轻的共产党员。

19 岁的梅大樑倒在了河滩上，他的鲜血迅速地流淌，一直流到徽水河中，河水，红了。

吕宝璋下令，暴尸七天，不准收尸。吕宝璋此举，既是要羞辱革命者，也是想看看哪些人来悄悄给梅大樑收尸，好再行抓捕。

七天后，伪政府运来一副棺材，简易至极，是胡乱地用几块破木板钉成的。因了梅大樑临终前的那句话，怕他十八年后真的来找他们报仇、算账，敌人还把棺材的四个角中的一角锯掉了。又按照旌德当地的风俗，打个鸡蛋到梅大樑棺材里头，再用鸡血在棺材外面画上个圆圈，这就表示十八年后，即使重生，也不能再做人，只能做只扁毛鸡。

反动派们迷信而凶残，如此这般后，又一直让梅大樑暴尸在野外，不给盖棺。

好几天之后，一个夜黑风高的晚上，村里的一些好心人悄悄地把梅大樑的遗体偷运回来。

梅大樑的遗体运回来以后，村里人去看他，只见他衣服上的血迹早已干透，全粘在了皮肤上，没有办法撕下来，也因此无法换上准备好的新衣服。

梅坤荣拍打着胸口说，二伢啊，早知道这样，我该早点扯布给你做新衣服，娘对不起你啊，让你就这样穿着旧衣走了！

村里人给梅大樑另换了一口完整的棺材，就那样裹着血衣下葬，将他悄悄掩埋在离村子很远的一处偏僻的不起眼的山冈上。直到多年以后，游击队为梅大樑报了仇，才又将梅大樑的遗骨取出来，重新安葬。后来，梅大樑墓地被政府重新修葺，成为当地人瞻仰和祭奠烈士的地方。

徽州人家的房屋多用木料，屋顶最高处的水平木梁，支撑着椽子的上端，这就是徽州民居中的“栋梁”。不知道梅大栋、梅大樑兄弟的名字是谁给取的，梅大栋的孙子梅咏春说，他听父亲梅本华说过，大栋与大樑的名字是恽代英给他们取的，要做中华之栋梁。当然这个说法现在已经不可考了，不管怎么说，“栋”与“梁”该是寄寓了这个家庭的最高期望。如今，栋走梁失，这个家也就等于垮塌了。更让人悲伤的是,他们的母亲梅坤荣在事发时还完全不知道这一切。

大批军警进三都抄家,将小小梅村围得水泄不通时,梅坤荣正在镇上一家布店里扯布,预备给梅大榘做身衣服,好送到牢房里去。布店的这个老板娘是认识她的,就问她,大娘,你要给哪个扯布?

梅坤荣说,我给我家二仂扯一身衣裳。

二仂就是梅大榘的乳名,大栋小名叫宝仂,三都街上的人都知道这兄弟俩的乳名。

布店老板娘已经知道了梅大榘牺牲的消息,她看着老太太,实在不忍心再瞒下去,犹豫了好一会儿,还是悄悄告诉梅坤荣说,大娘,你不要买了吧,我实话告诉你,今天早上,你家二仂已经不在人世了。

梅坤荣听到这话,不相信地说,你说什么?你说什么?她一边追问,一边感觉天旋地转,当即就昏倒在布店店堂里。

老板娘急了,她将梅坤荣扶起来,又是掐人中,又是喊店员。老太太昏迷好一会儿,才睁开了眼,缓缓地吐出了一口气,哭喊着,二仂呀!我的二仂呀!

老太太浑身瘫软,已经没有力气走回家了,老板娘找了几个店员将梅坤荣抬回了梅村。

三天后,生病的小书华因受到军警长时间的惊吓,病情加重,当晚浑身发烧、抽搐,一口气上不来,去世了。

在朱旺村娘家得到消息的梅大栋妻子朱少白,急忙带着女儿从娘家赶回来。家里的一幕让她呆住了，儿子书华突然没了，丈夫下落不明，小叔子被杀，家里被查抄一空，糊口的口粮都没有了，门上、窗上都贴了封条，好端端的一个家突然就没了。她整日啼哭，精神恍惚，几天就瘦得不成人样，村里的医生悄悄对朱少白的婆婆说，她这是悲伤过度，再这样下去，她就可能性命不保了。

梅大樑的外甥女梅兰英当时只有7岁，那个清晨的遭遇，让她刻骨铭心。后来，她常站在村口大树下，望着远方，一是想着大舅舅什么时候会回来，二是怕军警再次进家。每每听见远处有狗叫声，她就招呼全家人快快躲起来。多年以后，她对后代说得最多的就是“民国十七年(1928)”的那个早晨。

第六章　秘密

一　临行前的嘱托

正屋不给住，梅坤荣、梅竹娥、朱少白、梅淑华、梅兰英，一家五位女性只好暂住在正屋外的一间柴房里。

那是冬天，柴房四面透风，冷雪飘进来，冻雨砸下来，一家人却不愿离开柴房。那是因为，柴房里藏着一个秘密。她们在这里要坚守着这个秘密。

柴房顶上是用几片木板搭成的简易阁楼，楼板上面堆放着很大一堆破瓦片。秘密就在那堆瓦片里：那尊珍贵的马克思银像，被层层红布包裹，深埋在楼上那堆破瓦之中。

原来，梅大栋在到县城开会开展“倒江运动”而离开家的前一天晚上，特地将大门关严，请母亲、妻子、妹妹到客厅里来商量件事。

灯光下，梅大栋见大家都坐定了，便从胸口拿出了那尊马克思银像。他一层层地解开包裹在银像上的红布，然后，恭敬地将银像放在堂前的香几上。

关于这尊马克思银像，家里人只知道有那么回事，但从不知道它究竟放在哪里，是什么来历。因为梅大栋是个谨慎的人，他不说的事家里人就从来不问，她们只知道，他是一个共产党员，他在做的是一件大事。

现在，银像就静静地放在那里，那个“大胡子”就静静地看着这屋子里的人。

梅大栋神情凝重，他向母亲、妻子、妹妹郑重地介绍了这个“大胡子”，讲述了这尊银像的来历。最后，他说：“我们这次闹的动静可能比较大，现在革命形势严峻，我不方便将银像再带在身上了，我就交给你们了，你们一定要替我保管好呀，绝不能让别人发现了，我拜托你们了。”

梅大栋说着，竟然弯下腰，朝着家中的这三个女人鞠了一躬。

老母亲虽然并不太明白梅大栋在做什么，也不明白他和这尊银像的关系，但她相信儿子，他这样重托，一定有他的道理。她忙说，宝仂，你放心，我们会把它看得比我们的命还重的。

朱少白和梅兰英也点头说，放心吧。

梅大栋听她们这样说，很欣慰地说，那我就放心了。说着，他拉开大门，隐入门外的风中，连夜赶到县城的临时寓所，准备第二天的会议。

梅大栋走后，银像就由老太太保管。她当即将银像仍旧包裹好，藏在老房子楼上柱脚间的一个夹墙里。幸亏她藏得严密，吕宝璋带领军警将家里抄了个底朝天，也没有发现银像。

老屋被封后，为了防止伪政府突然将老屋充公或拍卖，梅坤荣就趁夜晚天黑，摸到老屋阁楼上，从夹墙里将银像取出来，放在了寄身的柴棚顶上。

银像在，这一家人就感觉希望在。因为，这是他们家最重要、最宝贵的东西，更是这家的男人们的另一种生命寄托，她们不能弄丢。

梅家藏有马克思银像的消息早就被方楚平等人告到了官府，吕宝璋等人深知，如果找到了银像，必将是轰动全国的一桩“大功”，所以，他们一直没有放弃对梅家的搜索、查抄、讯问，但他们也一直无功而返。

梅家为此做出了很大的牺牲。

大栋年仅 3 岁的儿子书华，因为抄家受惊吓，不幸夭亡。

大栋的大女儿梅魅英（小名伊万，当时还是个孩子，为纪念大栋死去的儿子书华，后改名为梅淑华）后来逐渐成长为旌德县东、西乡闻名的才女。由于伪政府派军警不断地上门恐吓，威逼，审讯，身体虚弱的她十多岁时也病故了。

梅大樑牺牲时只有 19 岁，当时虽早已定亲，却未来得及过门。未婚妻是朱旺村的一户大户人家的女儿，虽是还未过门的媳妇，但他俩感情十分融洽。大樑牺牲后不久,这位女子被家长逼婚远嫁,当出嫁的轿子翻过一座山梁的时候,她在那顶轿子里,用剪刀结束了自己年轻的生命……

在那个时代,农活繁重,生活艰辛,一个家庭多么需要有男人来顶立门户。

梅坤荣有一个嗣子叫朱永昌,很早以前过继给她做干儿子的。朱永昌的第二个儿子叫大庭,很小就留在梅家,在梅家读书,帮助梅家做事。梅大栋回乡办小学时,大庭就和大栋外甥女梅兰英两人一起跟着大栋读书、识字。所以,大庭基本上长期住在梅家,帮助梅家干活、种地,偶尔才回自己家一趟。

每次梅大栋归来或者出门离家,总是大庭为他挑担。担子的一头放书,另一头放着衣服或杂物,大庭如同大栋的小书童。梅大栋对大庭要求很严,让他每天抄写《总理遗嘱》(孙中山先生《总理遗嘱》由国民党元老胡汉民书,刻石立于南京中山陵,胡的这件作品,分行布白整齐匀称,潇洒疏朗,当时被不少学校作为书法临摹范本),因此,他练得一手好字。

大樑牺牲,大栋下落不明,家里一个男人也没有了。打那以后,朱永昌就让大庭天天来梅家帮忙挑水、种地,做各种杂务。

大樑牺牲时年仅 19 岁,尚未婚配,没有子嗣。梅坤荣伤心难过,终日以泪洗面。大庭的父亲朱永昌实在看不过去,就主动跟老太太提出,我这个二儿子,以后我就不要了!就送给梅家吧!让他顶大樑的门户!他就是您的亲孙子!

这样,梅坤荣的嗣子朱永昌的二儿子大庭,就正式过继成为梅大樑的嗣子,取名梅健华。烈士总算有后人了。

梅大樑嗣子梅健华和大栋外甥女梅兰英,从小在一起读书,一起长大,两小无猜,感情很好。后来,梅老太太看他俩情投意合,就和嗣子朱永昌、大栋胞妹梅竹娥商量,几个长辈做主,让他们俩正式结成夫妻,由他们两人共同来顶大樑一房的门户。

梅健华后来因一手漂亮的书法,考入民国政府机关,当了个录事,有了一份小职员的工作。但因为从小受到大栋、大樑的熏陶,梅健华心中也一直向往着革命。因此虽有一份安定的工作,很多年里,他都是闷闷不乐的。

终于有一天,梅健华突然离家,不辞而别了!

梅坤荣在家一直哭,她心想,家里不能没有男孩呀,健华如果再没了,梅家以后可怎么办啊!那尊银像又怎么能保护下去呢?

老太太猜想梅健华肯定是去当新四军了,于是派人连夜去追赶,往泾县方向,快人快马,一直追,一直追,果不其然,一直追到泾县界内,快到新四军驻地了,这才把梅健华追回来。

看到老太太哭成了泪人,梅健华有些想不通。

这天晚上,夜深人静,梅坤荣带着梅健华到了家里老屋阁楼上(吕宝璋后来调离旌德,老屋就归还给了梅家),将那尊银像摸了出来。就在低矮的阁楼上,在微弱的烛光中,她向梅健华讲述了银像的来历以及梅大栋的嘱托。最后,老太太说,孩子呀,我们保护好这个"马克思",也是革命哪,这是大栋说的。

梅健华从此彻底打消了"参加新四军,离家闹革命"的念想,一心一意留在了梅家。

为了自己一直以来“教育革命,教书育人”的梦想,也为了更好地照顾家人,保护好银像,梅健华辞去了县政府机关录事的工作,回乡当了一名普通乡村教师。

保护银像、保护家人,教书、育人,务农、种地……曾经的革命青年梅健华慢慢老了。他是整个梅家的经济来源和精神支柱,不仅以其微薄的工资(民国时期是一担米一年,新中国成立后是三十八元一个月)照顾着全家老小七八口人,还省下钱来,为山里的贫困孩子购买书、本、纸、笔……同时,他又是家里唯一的劳动力,稍有空闲,还得上山、下地,忙农活。

再后来,年纪大了,梅健华一直弓着腰、驼着背。由于年轻时挑担、做农活受的累,他的腰再也直不起来了。

多年以后的一个冬天,梅健华走了,全村男女老少一齐来送别。不到三里的山路,送行队伍就排了两里多长。

当然,这都是以后发生的事了。

二　“请愿”招来的“黑牢”

现在,我们还是把视线回到民国十七年(1928)的那个深秋吧。

农历十月初七,得知梅大栋等人被捕之后,旌德地下党组织连夜召开会议,商讨营救方案。当时考虑了两套营救方案:

第一套方案,是打算走官方正常渠道,派人“上省请愿”。也就是派人到省府安庆,向国民党安徽省政府反映问题,这在当时看来,算是“上策”。

第二套方案,是考虑越狱计划。再者,是探讨其他各种营救的可能性。越狱乃是“不得已而为之”,算是“中、下之策”。因为一般情况下,越狱成功的可能性很小,谁都没有把握。而“上省请愿”,看似很能行得通,很有希望。

确实,“上省请愿”这套方案原本也是能行的,的确很有希望。因为,从表面上看,梅大栋他们只是组织了一个“平民教育促进会”,提倡改革教育,反对教育腐败,最多算一个激进的群众组织,也没有其他充分的证据能够证明他们是共产党。

但是,此时大家还都不知道,此次梅大栋等人被抓,已经不仅仅是简单的“平民教育促进会”反腐败案了,这个案件当时已经被视为皖南的大案、要案,后来还惊动了蒋介石,它的性质已经变了。

如果这时有人“上省请愿”,那是相当危险的,去几个人就会被抓几个,可谓是有去无回。

可地下党组织开会的那天晚上,还没有人知道梅大樑第二天也会被抓,大家也都不知道有人告密。梅大樑当时还远在仕川,那边看起来一切风平浪静。

因此,梅大栋等被捕的当晚,共产党学员、梅大栋的堂哥梅树基就自告奋勇地站了出来,他要“上省请愿”。他准备到国民党安徽省政府去申诉,反映梅大栋等人被抓的具体情况,陈述旌德县教育腐败的事实,然后,两三天内尽快赶回。

事不宜迟,农历十月十五日,梅树基带上张照谟,两人决定当天就出发。因为走得匆忙,他们只带了些反映旌德县教育腐败方面的材料。

梅树基与张照谟从旌德三都出发，经朱旺村，翻越庆岭，在朱旺村口，他们遇见梅大栋的一位朋友朱学悦，这人也曾参加过革命活动，因此他们就将去安庆的意图对他如实以告。他们没有想到，这个朱学悦回到城里就将他们的行动密告给教育局长江养吾和县长吕宝璋。等梅树基和张照谟赶到安庆时，吕宝璋等人也到了安庆。

梅树基他们还不知道已经有人告密，离开旌德后，先到了芜湖，与朱良桐等同志商议了告状事宜。农历十月十六日，他们到达安庆省党部，将梅大栋等被捕经过向省党部组织部干事王大杰做了汇报。王大杰是汪君实的同学，他说组织部长刘真如已去南京，让他们写一呈文上报。十月十八日，梅树基将呈词上报，省党部接文后批示："所呈各节，仰候派员调查，再行定夺。"过了一天，王大杰告诉梅树基，省党部决定派潘客华去旌德调查此案。梅树基打听到，潘客华是皖北人，对旌德情况不甚了解，此案如何了结尚难以预料，便让张照谟先回去，自己则暂时不急着赶回，先到省党部职员宿舍等候消息。

十月二十五日，曹升之从上海到安庆，梅树基与他接上了头；二十六日，两人约在安庆城内胡开文墨店见面。梅树基刚走出门，就碰上旌德青年吴越、吕能焘两人。异乡遇故人，大家很激动。这两人向梅树基报告了新情况，说江养吾和吕宝璋已经到了安庆，下午要召开旌德的同乡会议，攻击梅大栋。他俩与梅树基约定，当晚在省党部训练班见面，通报会议情况。

当晚，吕能焘一见到梅树基就说，梅大栋在旌德监狱，经一小偷犯人的协助已越狱逃走。梅树基听了这个消息，暗暗高兴。因吕宝璋在省城安庆，为此，梅树基决定第二天一早就离开安庆去往芜湖。

第二天早上，梅树基便去江边码头坐轮船。走到吕八街，梅树基感到肚子饿了，来到街边一家面馆，叫了一碗面，坐在正中那个面对面馆大门的位置上，一边小心地观察门外，一边开始吃面。

大清早的，面馆里也没有什么人，就他一个人坐在那里吃面。

可是，当梅树基吃面刚刚吃到一半时，面馆门口突然走进来一个人，让梅树基大吃一惊。这个人不是别人，正是伪县长吕宝璋。

梅树基心知不好，这个家伙怎么追到这里来了？

不过，他转念又想，或许吕宝璋还不认识他。于是他镇定下来，把帽檐往下拉拉，继续低下头来吃面。

而吕宝璋似乎并没认出梅树基来，他只往面馆四下里看了看，之后就在靠门的位置，找了个地方坐下来，也叫了一碗面。

梅树基心想，不管他了，先吃完面再说。于是，他静下心来，不慌不忙地把面吃完，付完账，往门外走去。

经过吕宝璋身边，他还用眼角的余光暗暗看了一眼，见其还在低头专心吃面，一碗面好像才吃到一半。梅树基心中暗喜：这家伙果真没认出自己来。于是，他就大步向门外走去。

就在梅树基刚刚走出大门时，这吕宝璋连剩下半碗面也不吃了，迅速一个回身，踹开凳子，一步上前将梅树基拦腰抱住，两人一下子滚倒在地上。

谁也没想到,吕宝璋这家伙不动声色,原来他一直在伪装。其实,梅树基过去在县里经常参加游行,总是抛头露面,这伪县长又怎会不认得他呢?

吕宝璋是行伍出身,自认为身手很好,所以,他敢于不带随从,而要亲自捉拿梅树基。他将梅树基拦腰抱住,顺势压倒在地。不过,让吕宝璋没有想到的是,梅树基曾是汉阳兵工厂(子弟学校总事务处)的主任,也曾和谭梓生一起参加过罗荣桓领导的通城起义,他也有战斗经验。

两人开始在地上翻滚,厮打起来,一时间难分胜负。

伪县长吕宝璋见占不了上风,便一边死死抱住梅树基不松手,一边开始大声叫喊:“抓共产党啊,抓共产党啊,这个人就是共产党！快来人抓共产党啊!”

这喊声一起,听说有“共产党”,顿时来了大批警察,个个端着枪,将两人团团围住。紧接着,两个人都被带到省会警察局。

到了警察局,吕宝璋说梅树基是共产党员,一直没有捕获。梅树基也不示弱,说吕宝璋是贪官,自己是到省政府控告他的。两人争执不下,警方就要吕宝璋送上呈文,要梅树基留下等候。

梅树基于是被拘留了。后来,梅树基才知道是吕能泰出卖了自己。吕能泰当时在省党务训练班受训,没有钱用,向吕宝璋借了20块大洋,就将梅树基的行踪密告了他。为此,吕宝璋就等候在吕八街,要捉拿梅树基。

梅树基被关在警察局里多日,到了腊月初一,被送到特别法庭,这个法庭是专审共产党人的。梅树基一到法庭,法官就问他是不是共产党员。梅树基一口否认,他说他是来告状的,且已经递上了状纸。法官说待派员调查,要梅树基等候,便将他发配到安庆城内饮马塘监狱。

梅树基一进监狱,就被狱丁搜身,他所有的钱被搜走了。随后,梅树基便被推进一间漆黑的牢房,铁门立即被从外面锁上。刚进去时,什么也看不见,过了好一会儿,他才发现,这间牢房里竟然关了许多人,而让他惊讶的是,其中还有不少旌德的同志,如冯道、芮良等,他们都是因为共产党的案子被抓进来的。

梅树基本来以为,自己没有被抓到证据,用不了多久就会被释放的,不料,不久,特别法庭被撤销,凡共产党的案子都移交给安庆高等法院办理。高等法院不像特别法庭那样任意处决人犯,比较能依法办案,但这引起了省党部特务头目的反对,他们上告中央,说安庆高院袒护共产党,对他们处置太轻。省党部与省高院闹意见,有关共产党的案件就被丢下不管,不判也不放,许多案子一拖几年,为此,梅树基坐了四年黑牢。

四年里,梅树基一直惦记着梅大栋的安危,惦记着梅大栋看得比生命还重要的马克思银像的安危。有一天,梅树基突然被狱警叫出去,说有人来探望。到了监房外的会见室,梅树基认出来人是朱旺村的朱良桐。朱良桐给他带来了5块钱和1斤糕点,并悄悄告诉他说,梅大栋已经在上海搞地下工作了,上海要动员一批青年同志去江西参加革命,梅大栋就介绍了朱良桐。这个消息让梅树基放下心来,梅大栋还在,就说明银像还在。他微笑着对朱良桐说,知道了,我放心了,你走吧。

1931 年 3 月 8 日，梅树基刑满释放。

梅树基还不知道，他出狱时，远在上海的梅大栋却正在龙华监狱服刑。

第七章 “家庭”

一 揣着银像到上海

1929 年 1 月的上海，季节尚属冬天，法梧阔大的树叶落在马路上，黄包车驶过后，它又随风而起。

踩着这落叶与华彩的灯光，一位“南洋华侨”携带着“妻子”走进了上海繁华区英租界卡德路（现石门二路）和爱文义路（现北京西路）交叉口的一栋坐北朝南的三层楼房（现北京西路 690 号至 696 号）。这位“南洋华侨”西装革履，方面浓眉，风度翩翩，他的“妻子”着一身华贵的金丝绒旗袍，唇红齿白，身材高挑，青春貌美。这一对组合完全符合当时上海十里洋场上层社会的审美。

其实，“南洋华侨”是林育南，他的“妻子”叫张文秋。他们并不是真正的夫妻，林育南是奉组织之命，赴沪任中共沪东区委书记，后从事全国总工会的工作，而张文秋是刚从济南第一监狱脱险来沪的。这时，全国总工会决定召开第五次全国劳动大会，林育南为秘书长，负责大会筹备工作。为迷惑敌人，根据党的指示，他化装成一个从南洋回国经商的华侨，化名李敬塘，与张文秋结成假夫妻。

这段经历，后来张文秋在《虎口里的斗争》一文中回忆道：

> 敌人对革命运动施展着残酷的压迫，党的机关和党的工作同志，都必须严密地隐蔽起来，才能进行革命活动。因此，党就决定我和林育南同志成为假夫妇，住在机关里，以应付环境。林育南同志还化装成一个从南洋回国经商的华侨。我们租了一栋宽敞的三层楼房，作为革命活动的据点。这栋房子的条件很适合我们的要求，三面临街，都有大门可以出入……楼下一层是我和林育南同志的住室，陈设有各种日用家具，很像个阔气资本家的家庭；楼上两层则是办公和开会的地方，在各个房间里备有草席，个别房间还有一两张桌凳，供同志们在开会和晚上睡觉时应用。楼上临街房间的玻璃窗，挂有墨绿色的呢窗帘，以防止街上人发现室内的情况。我们还故意摆出很阔绰的样子，还雇有大师傅、老妈子等各种“佣人”。其实，这些所谓“佣人”，都是自己的同志或同志的家属装扮成的。从表面上看，这栋楼房俨然就是一处资本家的住宅，谁见

了也不会怀疑。

梅大栋在杭州曹谷云处养好伤后，与时任共青团中央宣传部长的李求实联系上了，经李求实介绍，1929 年 1 月，梅大栋也来到了上海。不知他来上海的第一夜是否也在这间阔气的三层楼里住过。但他一定是来过这里的，因为，不久之后，为了掩护革命工作，林育南又在上海玉佛寺槟榔路（今安源路）附近的小沙渡德馨里办了一所德馨小学，他自称姓华，人称“华校长”。他以校长之名，开展革命活动。小学里面则设有上海总工会沪西工会的机关，而梅大栋经组织安排就在沪西工会工作。

上海这座当时号称“东方巴黎”的中国大都市，自“四一二”政变后，已经变成了反革命的屠杀场，到处警车呼啸，陷阱纵横，特务暗探四处密布。尽管十分小心，革命活动还是经常会出现意料不到的风险。

一个夜晚，德馨里突然被包围了，一群荷枪实弹的军警，三步一岗，五步一哨，实行严密看守。在昏暗的路灯下，一群人悄悄逼近德馨里小学。这时，林育南正在一间房子里起草文件。警觉的他凭着高度的敏感，察觉到了院外不寻常的声响。他立即藏好文件，灭了灯，走出房间，从大门的门缝里往外看，看见军警正渐渐逼近。

情况危急，大门已经被封锁了，而身上又有党的秘密文件。在这千钧一发的时刻，林育南机智地回到房间，脱去长衫，换上之前准备好的破衣烂衫，化装成一名乞丐，越墙逃出。在逃脱敌人的魔掌后,林育南才得知由于叛徒的出卖,这个据点已遭到破坏。

如此严酷的斗争环境,让梅大栋一时不敢直接与旌德家中的亲人联系,只能通过组织与张照谟等间接传达消息。

1929年7月的一个晚上,梅大栋在灯下展开一封家乡来信,信是张照谟写来的。张照谟在信中告诉梅大栋说,夫走儿夭,朱少白痛不欲生,每日啼哭,日渐消瘦,再这样下去恐怕有生命危险。他建议让朱少白到上海来,一方面换个环境,一方面也能和大栋一起参加革命。

梅大栋向组织汇报后,得到同意,他立即去信给张照谟,让其着手安排。

得知丈夫梅大栋还活着,并且让自己去上海与他会合,朱少白的病一下子就减轻了许多。她即刻收拾行李,临行,梅坤荣取出了那尊马克思银像交给朱少白,并对她说,这是宝仂心心念念的宝贝,你就带去交给他吧,告诉他,我们替他保护得很好。

朱少白将银像贴身收藏着,然后在朱良桐的陪送下到了上海。到上海后,朱少白帮助机关剪贴进步书刊,替同志们烧饭;开会时,替他们在门外放哨。不久,经一位叫李华的湖南籍同志介绍,她也加入了中国共产党。

二 上海的“家庭”

在上海小沙渡德馨里做小学老师不久,因该处据点暴露,梅大栋又奉命入东亚大学读书,其实是与林育南一起负责对外联络,开展革命工作。朱少白则被调到广东路祥瑞里18号担任机关工作。那是党的一个秘密机关,只有三个人,除他们夫妻二人外,还有一位男同志,人们只知道他叫老丁。此时,梅大栋化名朱自清,朱少白则化名朱坚华。

像这样的革命家庭,彼时在上海尚有不少。

德馨里遭破坏后,林育南又扮成来自湖北的皮货商,搬到愚园路庆云里31号(现15号),那里已是全国苏维埃中央准备委员会(简称"苏准会")的秘密机关。为迷惑敌人,掩护革命,他和工作人员实行"机关家庭化"。他和妻子李林贞是这家的户主。李圣悦(即李平心)夫妻俩,他的妻子胡毓秀与李林贞以姑嫂相称,家庭成员还有左翼作家冯铿。他们都在林育南这位皮货商"大哥"的领导下,积极开展工作。

关于这个"家",胡毓秀后来回忆说:

> 有一次,恽(代英)老师用商量的口吻对我说:"党中央要成立一个机关,名叫苏维埃准备委员会,由林育南负责,并决定由李圣悦同志担任秘书,你担任交通工作,不知你们能否接受这个政治任务?"我毫不犹豫地接受了这一任务。当时在座的林育南同志笑容可掬地对我说:"今后,我们的关系是这样的:我是机关的主人,是你们的大哥,你们是我的家属,这样称呼对应付环境有利。"

苏准会机关是一幢三层楼的房子,完全按照一个旧式有钱人家的模式来布置。楼下是客厅，中间摆着两张四方红木桌子，还供了一尊观音菩萨像；两边摆了八把红木靠背椅子，墙壁上挂满了名人字画，俨然一个书香之家。二楼是林育南夫妇的寝室和工作室，三楼是其他工作人员的住室。窗台上摆着花盆，这是安全的讯号。花盆在表示主人在家，也很安全；反之，就是主人不在家或出了什么事情。

林育南就在这个“家庭”里夜以继日地工作着。

在这个“家庭”里，周恩来、瞿秋白、李维汉、任弼时、恽代英、王稼祥和罗章龙等常来商讨工作。胡毓秀还回忆了一次见到周恩来同志的情形：

秋天过去了，天气渐渐转冷，苏代大会在十月里就要开幕，因此，我们的工作更加紧张。

这时，李圣悦集中精力起草了好几个文件，送交苏准会讨论后，准备送到苏区去，其中有一个文件是关于土地改革的问题。林育南同志过目后，又邀请周恩来同志参加讨论。

一天下午，周恩来同志和邓颖超大姐一起到我们机关。周恩来同志身穿长袍，头戴毡帽，几乎使我认不出来了。

我和邓大姐虽然是初次见面，但一见如故，像老朋友那样亲热。她连声叫我“小胡”“小妹子”，拉着我的手坐在靠背椅上聊天谈心、放哨。她态度是那样和蔼可亲，而且彬彬有礼，富有政治修养，给我留下了难忘的印象。

周恩来同志认真地审阅文件，和林育南同志一起认真讨论,反复推敲。

在周恩来的领导下,林育南和苏准会秘书处工作人员不知疲倦地忘我工作,草拟了《宪法》《劳动法》《土地法》和经济政策、外交政策、肃反政策以及联合农民士兵群众的策略等决议草案。这些文字,句句都是在这些"家庭"里诞生的。

感谢胡毓秀后来撰写的《在苏维埃准备委员会工作期间》(现存上海中共一大纪念馆),它让我们能感受到当时很多个这样奇特的"革命家庭"的氛围。在读她所描述的林育南"家庭"时,我想象着梅大栋和朱少白以及老丁的"革命家庭"情况。虽然他们的工作范围不同、级别不同,但那种为革命工作的精神却是相同的。

遗憾的是,梅大栋与朱少白在上海的地下工作的具体情况后来几无任何记录。

2021 年初夏,我在上海寻访中国共产党的早期足迹,就像是在寻访一幢幢古朴典雅的石库门,它们几乎伴随着中国共产党的初创和成长轨迹。这些石库门建筑小而精美,名称统一,一般叫作"某某里",隐藏在原租界的梧桐树绿荫下。在百年前的动荡岁月里,它们见证了一批批忧国忧民的仁人志士救亡图存的经历。

历史为什么选择了上海?是什么力量让这些看似精巧的石库门,庇护了一个影响中国近代史的政党的成长?代表了无产阶级利益、把"农村包围城市"作为道路的中国共产党,又是如何与上海这座以洋气著称的"十里洋场"大都市兼容的?寻访中,这些问题时时萦绕在心中。

因为这些早期的革命旧址不仅外观、名称相似，还彼此邻近，点与点之间的距离常常只有一两公里，步行即可到达。行走在这些标志性的红色革命遗址中，那些耳熟能详的地名、人名、事件，像电影的慢镜头般一一回放。然而，我总是顽固地去想象梅大栋、朱少白夫妇彼时的形象，如大多数革命者一样，他们虽然也在那些红色建筑里工作、生活过，却并没有留下什么踪迹。他们会遇见什么人呢？梅大栋会与当初在安源的同事林育南、恽代英、李求实有着什么样的联系呢？当只有他们夫妇俩的时候，在石库门的屋檐下，他们会用地道的旌德话聊天吗？还有，那尊马克思银像，是怎样被他们更严密地保护起来的？

三 “我叫陈铁如”

1930年8月，梅大栋被组织调往上海市四川北路党中央主办的《红旗日报》通讯社任国内通讯编辑。这一调动让梅大栋与他的宣城四师同学李求实又有了更为紧密的联系。

李求实自幼喜爱文艺，早在1922年就在《晨报》《民国日报》发表译作。1923年他还写过小说。他能文好诗，在河南工作时曾以诗文抒发革命情怀：

大河经百徙，故道尚微茫。
白苇连岗蔓，金沙卷地黄。
壮观惟叠浪，乡思在遐方。

笔阵凌空起，桑乾渤海旁。

后来因从事繁重的党、团工作而无暇写作，李求实才放弃了个人爱好。

1927 年 11 月，李求实从广州回到上海。当时白色恐怖严重，他又受到错误的处分，不为组织重用。但他的革命意志没有消沉，他重以笔为旗，从事文学工作。他给在苏联学习的陈道希写信说，他要从翻译俄国文学入手，介绍苏联的情况，踏踏实实做些工作，以推进中国的普罗文学。李求实潜心翻译，一年多的时间里，他就翻译了《朵斯退夫斯基（现译为陀思妥耶夫斯基）与屠格涅夫》《十年来的俄罗斯》《朵斯退夫斯基夫人之日记及回想录》等书，有几十万字。同时，他化名林伟，同鲁迅先生接触，鲁迅先生于 1927 年 10 月到达上海后，李求实是党内同鲁迅先生接触最早的一位。

李求实同鲁迅神交已久。从五四运动时起，李求实就喜爱读鲁迅的书。1926 年开始北伐，中山大学文学院院长郭沫若投笔从戎。为了巩固左派的阵地，两广区党委提出请鲁迅先生担任文学院院长，并为此和中山大学委员长戴季陶谈判多次。戴是国民党右派，迫于当时的形势他只能同意。1926 年 11 月，鲁迅先生接到聘书，决定到中山大学任职，两广区委书记陈延年同志指定李求实和学生运动委员会副书记毕磊等人专门讨论欢迎鲁迅的工作，李求实和毕磊决定组织一批文章欢迎鲁迅先生。一切工作安排就绪，李求实却先调到湖南省团委，由是与鲁迅先生失之交臂，李求实十分遗憾。李求实调离后，区委决定由毕磊等人负责同鲁迅先生联系。1927 年 1 月 31 日,毕磊将广东团省委机关刊物《少年先锋》十二本赠送给鲁迅先生,而这十二本《少年先锋》恰恰都是李求实主编的。

1928 年,左翼作家“创造社”的一些同志对鲁迅先生有不同的看法,并发生了公开争议。在争议中,有人出言不逊,攻击鲁迅。李求实对此是反对的,他认为他们做得太过分了。他认为鲁迅是左翼作家的一面旗帜,不应该对其采取攻击态度。左翼作家内部发生争议,应是心平气和,注意团结,联合一致,共同进步。

1929 年,李求实编辑了《俄国革命画史》。在当时没有新闻出版自由的白色恐怖下,秘密刻印、藏匿大量的铜版均有极大的困难,在李求实等的努力下,画册终于印成了,并巧妙地通过了敌人的检查,分发到工人之中。他还翻译了《动荡中的新俄农村》《纽约泰晤士报驻莫斯科通讯员的报道》《戈萨克今昔——漫游高加索地方部落之印象》等。这些译作多以李伟森的笔名发表。正是由于他的勤奋创作和翻译,他跻身于“左联”作家的行列。

根据党中央的指示,在大家的努力下,1930 年 3 月左翼作家联盟成立大会召开,李求实出席了大会。在会上,他见到了鲁迅先生,并聆听了鲁迅的演讲。阿英同志写大会报道时,写明了这点。文委书记潘汉年为了保守党的秘密,保护这些干部的安全,便将李求实等我党重要干部的名字一律勾去了。

李求实于 1931 年 2 月 7 日在龙华牺牲后,鲁迅先生一直保存着李求实的照片。这张照片是 1927 年李求实从武汉到上海后拍的。鲁迅先生在《为了忘却的纪念》一文中说:“李伟森我没有会见过。”在牺牲的“左联”五烈士中，只有李求实是党的干部。鲁迅先生或是为了保守党的秘密而有意回避，或是当时秘密工作的原因，他不知道李伟森即是林伟。

1928年夏天，李求实再次出任团中央宣传部部长，同时在党中央和中央党报委员会工作，负责筹办主编《上海报》。为了工作方便，组织批准他与秦怡君（又名陈凤仙）结婚。秦怡君是湖北黄陂人，是烈士许白昊的遗孀。许白昊牺牲后，她在上海四川北路阿瑞里福民医院当护士，以公开身份掩护革命工作。如中共江苏省委秘书长李硕勋因伤寒住院，就是在秦怡君的精心护理下，很快恢复了健康。

1928年12月，李求实一家搬到了上海海宁里宝兴的一栋房子里，和谢觉哉合住，组成又一个“革命家庭”，谢老佯称是李求实的叔父。不久，李求实有了儿子齐泰。李求实将二嫂接来料理家务，生活清贫但是紧张而愉快，儿子的出生更是给这个“家庭”增添了乐趣。1950年，谢觉哉得知齐泰已成为一名空军飞行员，高兴地给秦怡君复信说：“自然他无从知道二十年前曾经抱过他的老头子。”这个“家庭”实际上是《上海报》机关，李求实是主编，谢觉哉是编辑，秦怡君是交通员，其他一些编辑住在外面。

1929年4月17日《白话报》创刊。这是一张十六开的报纸，因为是我党半公开的报纸，无人敢印刷，便改名为《上海报》。因为当时上海有一家小报也叫《上海报》，这样可以瞒天过海。报纸是秘密印刷，公开出售。夏天，印刷厂被破坏，报纸又先后改名为《天声报》《晨光报》《沪江报》，到年底又恢复为《上海报》。办报期间，交通员先后被敌人抓去10多人,卖报人被捕的也有几十人,报纸在夹缝中生存。

《上海报》能在敌人眼皮下存在一年多时间,一个很重要的原因是明确提出了与工人运动相结合的方针,在工人中建立通讯网和发行网,在工人中发展通讯员,因此,报纸可以迅速反映工人的斗争情况。为了更好地组织、培训工农通讯员,编辑部派出干部负责和各区的通讯员联系,如吴华梓负责联系沪东区,王明曾一度联系沪中区。李求实经常和工农通讯员一起到斗争的第一线,到罢工现场,和工人一起游行。他一边参加示威,一边采访,在队伍中跑前跑后。当时租界的英国人雇佣印度人做巡捕,印度巡捕长得又高又大,十分凶狠。他们骑着高头大马,挥舞皮鞭,驱散游行队伍,曾一鞭子抽到李求实背上。李求实当时竟没有发觉,回到家里才发现尺余长的鞭痕,于是有感而发,马上写了一篇报道《一条鞭痕》。李求实深入现场的文章写得十分生动,内容丰富,很吸引人。

在李求实的领导下,《上海报》坚持出版到1930年8月。随后,党中央决定将《上海报》同党的机关报《红旗》合并为《红旗日报》。

1930年8月这个时间点,对照梅大栋的工作调动情况,我们得出了这样一个结论:梅大栋很有可能参与了《红旗日报》的创办。

1930年8月15日,《红旗日报》正式创刊,其发刊词说:

……因为全国革命形势的紧张,阶级斗争的尖锐,一切革命斗争中的策略问题,都需要更敏捷的迅速的给予正确的回答,同时,革命所要求于中国共产党的任务也更加严重。本报出版的任务,不仅是要登载每日的全国的政治事变,传达各地的革命活动,并且要……发布中国共产党对革命中各个问题的观点与主张……我国工农群众在其伟大的政治斗争中,不仅要反对国民党的统治压迫,同样也要起来建立自己的革命报纸,宣传革命的理论……本报是中国共产党的机关报,同时在目前革命阶段中必然要成为全国广大工农群众之反帝国主义与国民党的喉舌,就在这一点看来,已经决定了本报这伟大的任务……

《红旗日报》分《社论》《专载》《专论》《各地通讯》《革命根据地来信》《莫斯科通讯》《欧洲通讯》《国际消息》《红旗俱乐部》《我们的字典》《短斧头》《小说》等栏目。

现在还没有查找到梅大栋在《红旗日报》工作期间的工作细节,只知道当时报社主笔为王稼祥,总编辑是潘汉年,梅大栋任国内通讯编辑,他修改编写稿件后,再送交潘汉年审定付印。

李求实则自 1930 年 10 月 30 日起主编《红旗日报》副刊《实话》栏目,这个副刊每月出版一次,四开张,随《红旗日报》发行。《实话》的主要内容包括:“传达党的路线,详细地加以解释,以供给各级党部以及革命团体的运用;党的策略和战术的详细的研究;详细地讨论一般政治上当前的问题和指示;实行自我批评;收集各地方的工作经验和教训;介绍苏联共产党以及其他国家无产阶级斗争的重要的策略和宝贵的经验教训;设置讨论栏,讨论路线上的、策略上的、理论上的、工作方法上的,以至日常生活中的问题,当每一个问题讨论结束时给以总结。”

由此可见当时《红旗日报》的重要性。不难想象,在那些日子里,李求实与梅大栋可能会不时地相遇在位于四川北路上的报社编辑部内。这对老同学,一定会像当年在宣城四师一样,热烈地倾心交谈。事实上,那一时段,李求实、恽代英、林育南、吴华梓等一批曾经的宣城四师同学或安源路矿的同事,一直保持着相互之间的密切联系,经常在一起讨论革命形势,研究相关工作。

为了安全,梅大栋当时有多个化名,除了朱自清的化名外,在党内称梅子夔,但不久之后,他被捕的那一瞬间,军警讯问他叫什么名字时,他脱口而出:我叫陈铁如。不知道这个名字是他早已想好的备用名,还是临时起意编造的?在那个斗争年代,前一种可能性应该更大,但他为什么偏偏起了这样一个名字呢?有什么寓意吗?现在当然都不可考了。不过,我却第一时间联想起了毛泽东的一句诗词:雄关漫道真如铁。

第八章　悲歌

一　东方旅社事件

1931年1月17日下午1时许，林育南匆匆穿过南京路，进入福州路，朝福州路与三马路交叉口的东方旅社（原上海三马路222号，现汉口路666号）走去。

东方旅社是一幢四层楼的洋房，从外观看上去异常别致，它是我党的一个秘密联络点。林育南走到旅社对面，观察了一下周围环境，没有发现什么异常，便径直走进旅社31号房间，立即和其他7位同志开会。

下午1时40分，公共租界捕房探捕与国民党市警察局联合组成的行动队,突然包围了东方旅社。原来,由于叛徒唐虞的出卖,敌人早已注意到了这里。林育南、柔石、胡也频、殷夫、冯铿、李云卿、鼓砚耕、苏铁等 8 位同志,连会议的文件都来不及处理,就全被捕了。

随后,中外联合行动队大批人马杀向天津路 275 号的中山旅社(今天津路 480 号),在该旅社召开成立第二江苏省委会议滞留未走的四位同志遭逮捕。当晚 7 时,何孟雄赶到中山旅社探听会议结果,被守候的探捕逮捕。晚 8 时左右,上海总工会秘书长龙大道同志按照开会通知匆匆赶到中山旅社附近,与闸北区委书记黄理文遇上。黄前脚刚到 6 号房间,不见人影,便向茶房询问,茶房让座倒茶,殷勤过分,黄感觉不妙,迅速离去,想到附近的凤凰社去找何孟友,不料巧遇龙大道。他二人是革命老友,于此相逢,一时不顾白区工作纪律攀谈起来,结果被尾随而来的暗探抓住。

1 月 18 日清晨,李求实到愚园路庆云里 15 号。这里是苏准会的机关,林育南夫妇、李平心夫妇就住在这里。林育南的夫人李林贞、李平心夫人胡毓秀一见李求实进来,就走上前,急切地告诉他,林育南到东方旅社开会后,一夜未归。

李求实一听,心急如焚,因为他知道那是苏准会的一处秘密接头点。事关重大,他不顾大家的阻拦,立即赶到东方旅社。

敌人早在东方旅社内部布置了暗哨。

李求实赶到东方旅社时,见马路上没有什么可疑的情况,旅社内部也依然如故,便在走廊里徘徊片刻,见四下无人,便平静地伸手拧开 31 号房门,推门一看,空无一人,顿觉事情严重,马上退身出来，可是已经来不及了，当即遭埋伏的探捕逮捕。

后来统计，当局在五天时间内，于东方旅社、中山旅社、华德路、武昌路、山东路、新闸路等十三处，共逮捕了共产党员和革命群众 35 人，仅释放 3 人，“东方旅社事件”一时轰动沪上。

据梅大栋后来的自述，他被捕的时间要早一点，他是 1 月 15 日夜在机关内被捕的。当时，只有他与那位老丁在内，敌人搜查后没有发现任何文件。

敌人询问他：叫什么名字？

梅大栋说，陈铁如。

敌人问，房子是谁的？

梅大栋说，是我的。

由于梅大栋的应对滴水不漏，老丁并未被捕，而只将梅大栋关进巡捕房。

不知为什么，在 1956 年 8 月 22 日梅大栋的自述里，那一夜的遭遇中，他将妻子朱少白的名字隐去了，而在朱少白 1960 年 6 月 18 日的回忆中，是如此描述那惊魂一夜的：

> 农历十一月十八日上午，上面派人来通知说，这几天风声很紧，有几个党的地下机关被破坏，要我们做好准备，以防不测。来人走后，我就将重要文件藏起来，将不必保留的公文全部销毁。当晚 8 点，老丁外出，大栋从外面回来，正在洗脚，突然听见有汽车停在门口的声音，我们来不及躲避，二十多个巡捕已经将我们的房子包围。几个巡捕冲进屋里，问大栋叫什

么名字，他回答说："陈铁如。"巡捕马上将他捆绑起来。大栋用旌德方言要我快走，我趁他们不注意，溜出大门躲避。过了一会，我重返机关，大栋已被带走，我急得直哭，不知该怎么办。还好，文件没有搜走。我身上一分钱也没有，左思右想，将衣服杂物装了两箱子，叫黄包车拉到附近的当铺里，当了20块钱。付了车费，锁好机关前后门，我租了黄包车去江湾上海法学院，找到在校读书的朱剑农、王昌沐、吕文龙，将大栋被捕情况告诉他们，请他们想办法搭救大栋。我们四人商议到天亮，想不出可行的办法。第二天一早，我到戈登路三三里找了一座房子，租居了一个月。我又去机关，将全部办公用具搬到了三三里。此后数天，我坐在门口，等候组织上派人来联系。可等了多日，未见来人。我急着救大栋，就请了一位律师，陪我同去巡捕房探听大栋的下落。先后去了巡捕房、警察局、地方法院和几个监狱查找，但都没有找到他。

也许是因为过去了几十年，梅大栋和朱少白两人对那个夜晚的回忆在时间、人员上略有出入，但大概情节还是能对上的。据《中共党史拐点中的人物与事件》作者李海文在《东方旅社事件与李求实等人的被捕牺牲》中的记载，"(18日)夜11点，敌人在武昌路650号逮捕了陈铁如，他是我党领导的外围组织共济会的干部。到此，敌人已逮捕了26人，他们的疯狂搜捕仍在进行"。引发我想象的是，在梅大栋用旌德方言让朱少白快逃时，她的心情应该是非常纠结的。而她冒着生命危险再度返回广东路祥瑞里18号党的那个秘密机关时,除了要运回党的文件外,她一定还牵挂着那尊被梅大栋看得比生命还宝贵的马克思银像的安全。

二 审讯

此后的境遇,让我们还是继续引用朱少白的回忆:

直到腊月初一,大栋寄了一封信给上海法学院朱剑农,告知被关押在外滩警备司令部。第二天,我和朱剑农同到司令部,还买了些食品带去。到了那里,只可将东西转交,不许见面,我流着泪返回三三里。此后,我天天站在门口等候,心里想组织上总会派人来联系的。一天,终于盼来了组织方面的人。他叫狄金山,原先见过面。他一见我说:"我们找你好几天了,原来你搬到了这里。"我听了,不好责怪他。他告诉我:"几天来,敌人破坏了三十二个党的地下机关,七十多人被捕,我们已经派人去警备司令部看望了梅大栋,你不必着急。"他见我将机关里的东西都搬来了,很感激地说:"你真勇敢,所有被破坏的机关,东西都丢了,就你这个机关东西还在,我去报告李主任,请他来这里。"过了两个多小时,老狄带着李主任来了。一见我,李主任很兴奋地说:"我派人四处打听你的下落,一直找不到你,现在好了。听老狄说,你把东西都救出来了,胆子真大。"他将梅大栋和我的生活费及搬运费计100元交给我。我说:"机关的东西就是我的东西,不要给运费。"李主任见我不肯收钱,说:“三十二个机关的东西都丢了,就你们保护完好,这些东西,1000 元也买不到,怎能不收搬运费呢?”听他这么讲,我只好收下。我还请他转告老丁,他的东西也在这里。李主任走后,我的情绪安定了一点。当天晚上,一些同志到我这里开会,散发传单。

而这时,在狱中的人都在接受着更加严峻的考验。

1 月 19 日上午,李求实等被捕的同志一起被押解到上海北浙江路江苏高等法院第二院刑庭受审。李求实从容不迫地回答着法官的问话。

姓名?

李伟森。

年龄?

28 岁。

籍贯?

湖北。

职业?

译员。

地址?

没有。李求实绝不能出卖组织,他拒不回答地址。他向法官解释说:“我 17 日来沪,预备到北新书局拿稿费,因为书局欠我一百多元钱稿费,现在我女人快生产了,所以来取。18 日早上,因为时间太早,书局没有开门,我就到新东方旅社 31 号找同事同学李长寿君,一看名字不对,隔壁有人来问我,就把我捉住了。北新书局写信给我,叫我来拿稿费的,我13号收到信。信没有带在身上。”

李求实的回答没有破绽,敌人从他的身上只搜出钞票三十八元、大洋一元、眼镜一副、皮夹一个、铜表一只、刀一把、钥匙八个、香烟一盒,没有任何可疑的东西。

林育南被列为第三号被告。审判他时,审判长问,你知道自己犯了什么罪吗?

林育南说,我没有什么罪。

看来你是不肯就范啰?

你这是什么意思?

别开玩笑了,先生,还是老实交代吧。

我没有什么可交代的。

你的姓名、年龄、籍贯总该知道吧?

姓名——李少堂,年龄——33岁,籍贯——湖北!

你到东方旅社干什么?开的什么会?

我去会朋友,不是开会!

胡说!

他们同样从林育南这里得不到任何有用的信息。

可是敌人早已得到密报,17日、18日共产党有重要会议,这次审讯只不过是一种形式,判决书早就拟好了,法官高声宣读:“被告等犯共产党之嫌疑及疑与共产党有关系,华界公安局请求上海特区法院将伊等移交,谕知准予移提。”

对此判决,李求实和同志们一起举起拳头高声抗议:“租界的案子应由租界处理!”“我们不服从判决!”“我们没有罪!”但是法官们不容分说,将李求实等十七位同志解送到龙华淞沪警备司令部看守所。

在李海文所著的《中共党史拐点中的人物与事件》中,《东方旅社事件与李求实等人的被捕牺牲》一文出现了三次“陈铁如”的名字,除了以前引用的那一次,第二次是这样的:“这时,外边的搜捕仍在进行,19 日敌人搜查了华通书店……这样,费达夫、王小妹、汤士德、王孙氏、汤士伦、陈铁如、驾治乎、王和鼎等 15 人,加上林育南、李求实、何孟雄等 17 人,共 32 人,一起被关押在敌公安局。……敌人给每个人照了相。”

审讯后,1 月 23 日上午,敌公安局戒备森严,将林育南等三十六名同志押上警车,从南市开进了龙华警备司令部监狱。这样,梅大栋和林育南、李求实这些曾经的同学、同事竟然又到了同一座牢房。

三　“墙外桃花墙里红”

龙华淞沪警备司令部看守所位于上海西南郊,是当时专门为短期监押政治犯及一般刑事犯的。这是国民党反动派的杀人魔窟。所内有东西排列式木质结构瓦屋平房三大间,每大间平房内又用砖砌分隔成对面式小房各五间,共计十间,每间小房 12~14 平方米,监押八人。这是男监。在这三间平房牢房的对面约 8 米远处,另有一幢木质结构瓦屋平房,内用砖隔成五大间,每间门均朝北启,其中西端第一、第二两间为看守所警卫室,第三间为所长办公室,第四间为储藏室,第五间辟为女监,门正好对着男监第二间的大门。在整个监房范围前后左右约5米处,筑有2.5米高的围墙一道,并通有电网。总出入的大门设在南边,这里岗哨林立,戒备森严。

警车停在司令部院子里一个多小时不见动静。原来,南京的命令是立即全部枪毙这批政治犯人。可是由于我党领导的互济会买通了警备司令熊式辉的小老婆。当敌人请示熊式辉何时执行时,他的小老婆说,总得审一审吧。于是,熊式辉下令把三十六名同志押进牢房。

三十六名同志分成两组钉镣,直到傍晚才钉完。冯铿等七名女同志被押到女牢,二十九名男同志分别被关在川字形的三个弄堂。《东方旅社事件与李求实等人的被捕牺牲》一文中第三次出现了"陈铁如"这个名字:"……汤士伦、费达夫、李宜兹(即李初梨)、陈铁如、张诗人、郑襄阁(陈迪威)和黄理文关在第三个弄堂……"

林育南、李求实等一进这人间魔窟,手脚便被铐上了沉重而寒凉的铁镣。冬天里,他们没有棉衣棉裤,很多同志连线衣都没有,四肢冻得红肿,渐渐流出脓血。

对于这一群年轻的共产党员来说,在这特殊的战场上,他们经受着最严峻的考验。

林育南等人狱后,得知看守所内秘密建立有党支部,便立即派柔石等前去接洽。狱中党支部向党中央请示,王明竟指令不许与他们接头。狱中党支部的同志不知道四中全会以后党内斗争情况，党中央对狱中的同志们也一度产生了误会，但他们毫不气馁，本着对党的事业负责的态度，由林育南、李求实执笔，给中共中央写了一个很长的报告，详细汇报了他们被捕的经过及在狱中斗争的情况。

周恩来同志得悉此事，立即组织营救，并经常派人以家属名义前去探监，又通过互济会等组织给他们送去衣被、药品和钱。

林育南还用铅笔在一张破烂的白蒲纸上给陆若冰写了一封信。陆若冰的父亲与林育南的父亲是乡友，1922 年春，陆若冰因不满封建婚姻而跑到武昌，由林育南介绍去利群毛巾厂做工，后来走上了革命道路。1928 年初，陆若冰在黄冈遭国民党悬赏通缉，只身跑到上海，又通过林育南与组织接上关系，党派她到国民党中央研究院社会科学研究所秘密从事革命工作，林育南视陆若冰为亲妹妹一般，两人常有书信往来。这封信是这样写的：

若冰女士：

兹接友函，谓贵同乡李君于十七日被累，二十三日转龙华司令部，现在生活平安，请勿念。戚妹如要见他，可于每星期三十二点至三点以戚妹名义到龙华司令部看守所要求会晤湖北黄陂人李少堂（广告商人）即可。如第一次不允见，送来之物（他要小说书）定可交到，且第二次必可接见也。案关政治，女戚接见较便，请戚友放心可也。知注特闻。

信没有落款。但陆若冰一看那熟悉的字体就明白了。1 月 28

日,星期三,她一大早就赶到龙华淞沪警备司令部看守所,直等到下午3点。一个看守跑出来说,李少堂是政治犯,不准见,但可送东西进去。

陆若冰将身上仅有的5块钱交给看守。过了一会儿,这个看守带回了林育南亲笔写的一张收条。

收到大洋五元

谢谢,请下次送点小说诗歌等书及食物为荷

李少堂

一月二十八日

陆若冰强忍着泪水,收下这张便条离开了看守所。她没有想到,这张便条成了林育南最后的遗墨。

所幸,这张便条如今尚存世。看着上面流畅的行书,不由得让人感慨。这就是那时的共产党人,深陷囹圄,他们需要的还是"小说诗歌等书及食物"。这真是一群精神高贵的人。

国民党当局通过叛徒很快搞清楚了林育南、李求实等人的政治身份,南京政府专门派要员来会同处置这批共产党"要犯"。在又一次审讯中,林育南仍以李少堂、广告商人以对。

国民党要员说,你不叫李少堂,你是林育南,苏准会的秘书长!

林育南知道自己身份已被暴露,便说,你们既然知道,还问那么多做什么?

国民党要员说,你们反对李立三,我们也反对李立三,咱们联合起来……

没等敌人说完，林育南便厉声痛斥说，反对李立三，是我们共产党内部的事情，你们有什么资格干涉？我们反对李立三，是由于他没有很好地领导人民去消灭国民党反动派，包括你们这些走狗！

这一顿痛骂，让那位要员气得直喘粗气。

敌人再一次对李求实利诱劝降，李求实痛骂敌人："禽兽！闭上你们的臭嘴！共产党员都是千锤百炼用纯钢打成的，这样的人，你们永远杀不完，我们的良心和灵魂，永远属于我们的党。你们应当知道，中国人民你们杀不尽斩不绝，全世界共产党人你们更是无法斩尽杀绝。你们要当心的，倒是你们这些禽兽的末日快要来了，你们受民众审判的日子越来越近了。"这是当时中共中央军委特科工作人员李超时从当时敌人刑讯笔录中摘录的一段话。

林育南、李求实等深知，现在身份既然暴露，他们要做好牺牲的准备了，便在监狱的墙壁上，画了一面鲜艳的红旗，庄严地将他们的名字一一写在上面。

1931 年 2 月 7 日深夜，没有星光，没有月亮，铁窗外飞舞着鹅毛大雪，狱中的通道呼啸着凛冽的北风。

漫长的寒夜里，到处都阴森森的。

突然，看守所所长带着大批兵士，打着手电涌进了牢房。

何孟雄！

林育南！

李求实！

……

看守所所长亲自一个一个地点名,共点了何孟雄、林育南、李求实、欧阳立安、龙大道、胡也频、柔石、殷夫、冯铿等二十四个名字,每点一个,还将电筒朝床底下照一下,随即将他们带出号子,并锁上了牢房的门。

李求实和同志们看到这情形,完全明白了。他们整理了一下自己的衣服,将剩下的物资统统分发给同狱的其他难友,向他们挥手告别。

那一夜,梅大栋一定也在送行的狱友行列中,看着林育南、李求实他们拖着沉重的铁镣,挺起胸膛走出看守所的弄堂,他的心里一定是极为沉重和悲痛的。

曾经的同学、曾经的同事,他们坚定的身影、坚毅的神情,在梅大栋的眼前一直晃动着。

林育南和李求实等被押到看守所旁的一块空地前的小桥附近时,预先在这里摆下桌案的敌人,拿起照片,与每个人的面孔一一对照,确认后宣判他们死刑。

林育南等二十四位同志仇恨的目光一齐投向敌人,他们异口同声地唱起了《国际歌》:

起来,饥寒交迫的奴隶
起来,全世界受苦的人
……

执行官赶紧喊道,执刑!快执刑!

砰、砰、砰……预先埋伏的刽子手射出了罪恶的子弹，射向了二十四位革命者的躯体。

雪地上，一片血红，像一树梅花在怒放。

烈士们牺牲了。龙华看守所党支部急切地将他们牺牲的消息报告上级党组织。《红旗日报》等发表了文章，周恩来亲自撰文纪念烈士，并几次看望李求实的妻子秦怡君，安顿她的住处。消息传到了南京中央军人监狱，正在那里坐牢的恽代英在悲愤中写下著名的诗句以寄哀思：

浪迹江湖数旧游，
故人死生各千秋。
已拼忧患寻常事，
留得豪情作楚囚。

二十四位烈士英勇牺牲后，有人在关押他们的牢房墙壁上发现了一首诗：

龙华千古仰高风，
壮士身亡志未穷。
墙外桃花墙里红，
一般鲜艳一般红。

这是为纪念 1931 年 2 月 7 日被国民党反动当局杀害的二十四

位革命烈士,一位狱友在床位上铺的墙上用铅笔题写的。

好一个“留得豪情作楚囚”！好一个“墙外桃花墙里红”！这些诗句想必会在监狱内得到最快的口头传播,许多个狱中的长夜,梅大栋也一定会吟咏这首诗,一遍遍地回想着那些逝去的同学、同事。当然,他也一定会想到还在上海的妻子朱少白,惦记着她的安危。还有,那一尊马克思银像她保存妥当了吗？想到这里,他要求狱警拿来纸笔,他要给妻子写一封信。

第九章　传薪

一　白雪红梅图

农历辛未年的正月十五元宵节，在中国传统节日里本是“月上柳梢头，人约黄昏后”的美好日子，可是朱少白与梅大栋却又一次面临着分别。

前一天，朱少白接到丈夫梅大栋的狱中来信，说他已经被转到温操浜地方法院，判了三年有期徒刑。这消息让朱少白稍稍放下心来，这说明丈夫的共产党员身份还没有暴露，应该没有生命危险。至于三年刑期，自从加入共产党的那一天起，她就做好了准备，革命哪有不流血牺牲的呢？

元宵节这天，朱少白带了衣物和食物去法院见梅大栋，还努力省出一些钱带上。

铁窗前见面，已有身孕即将临产的朱少白行动都有些迟缓了。梅大栋隔窗对朱少白说，你快要临产了，念在你我夫妻的情分上，你还是回旌德去吧。无论生男生女，都要好好抚养成人。上海不是好地方，你单身一人在这里，若有万一，何以对得起年轻就寡居的母亲呢？

说到这里，夫妇二人都泪如泉涌。

都说革命流血不流泪，其实怎么可能不流泪呢？革命者的血中有泪，革命者的泪中有血，革命者的血与泪原本就是不可分割的啊。

天色已经黑透，朱少白挺着大肚子艰难地回到三三里的住处。灯是亮着的，她知道，那是同志们正在开会，虽然一大批党员被捕、被杀，但革命活动一直没有停止。她在门前静立了片刻，又转身看看里弄里的人家，黄包车响着铃铛驶过，不知谁家的小囡用稚嫩的嗓子唱着苏北歌谣，她的眼泪又莫名地流了下来。

推门进屋，朱少白按照梅大栋的嘱咐，向组织请了长假。李主任见她产期在即，同意她离开上海回到旌德。

第二天，朱少白找到朱剑农、王昌沐、吕文龙等商量后，决定由冯竹庄送她回家。

收拾行李时，朱少白思虑再三，还是将那尊马克思银像从行李箱里取了出来，像梅大栋以前一样，紧紧地绑扎在身上，这样她觉得才能保证银像的安全。

梅大栋与朱少白的上海经历，特别是梅大栋被捕时的情形，他们夫妻二人在新中国成立后分别都有文字记录，笔者在前文已经说过，他们二人的讲述却有多处明显对不上，难道是记忆误差？抑或是有某种难言之隐而故意露出破绽？可是他们的行文语气确是言之确切啊！

比如，梅大栋在1956年8月22日的"自述"中写道：

……自元月5日至16日，前后有37人被捕，当时只有我和老丁两人在内，敌人搜查后没有发现任何文件；我说明房子是我自己的，故仅我一人被捕，老丁未被捕。我在巡捕房关押了3天，送往上海公安局，第二天押往龙华卫戍司令部看守。

……

梅大栋的这段回忆，在相同时空里根本没有出现妻子朱少白，这与朱少白本人的讲述相差太大，这是为什么？

这是一个历史的谜团，在写作时，我百思不得其解。好在不断地采访与追问，这个谜团终于被解开了。

2022年6月，我采访了梅大栋的孙子梅咏春。出生于1966年的他，如今是安徽省宿州市医学检验中心主任，他拿出了一份其父也即梅大栋之子梅本华的手稿《马克思银像由来的真相》，手稿的落款是：

宿县地区医学检验中心　梅本华

宿州师专外语系　　（梅大栋之孙）梅竹君整理

一九八七年六月三日于宿州

梅本华从小就听母亲朱少白讲述过她的经历，因此，这份手稿应该是比较可信的。通过这份手稿，有很多难以解释的问题也找到了答案。而这份手稿，还有一个更让人感动的信息，原来，“朱少白”不叫“朱少白”！她本名叫“朱瑞娣”，“朱瑞娣”又是怎样成了“朱少白”呢？我们还是来看看从梅本华文章中摘录的部分内容：

马克思像的上海之行

一九二九年家父通过上海地下党员（母亲本家侄子）朱旺村的朱剑农转一信到朱旺村的外婆家，嘱让家母速去上海。母亲得知后立即启程。当时她只带了很少的行李，而是把马克思胸像用衣服包好，秘密地带到了上海。当时上海地下党组织在上海四马路（即今淮海路）哈通（音）弄租了一套房子作为党的地下机关，我的父母就住在机关里，父亲经常外出进行革命活动，母亲以家庭妇女的身份在家看机关。当时经常有地下党同志以打麻将等娱乐形式为掩护来开会或接头。父母在上海地下党的领导人是一位叫老铁的同志，一九三〇年端午节，母亲就是在老铁同志的主持下在马克思胸像前宣誓加入中国共产党的。对于这位老铁同志，妈妈只是见过几次面，一直不知道他的真实姓名，新中国成立后，妈妈看到一些中央领导同志的照片，她认为老铁很像是总理。（一九）三〇年底，父亲带一个同志回到家里,要母亲把马克思胸像拿出来看看,当那位同志看到胸像后十分激动地说,总算找到了,谢谢你,同志。我代表党感谢你!以后母亲更加精心地保管胸像,她把这认为是党对她的信任,认为是一个党员应尽的职责。(一九)三〇年下半年,地下党组织突然遭到破坏,父亲得到消息后立即处理文件,并要母亲离开,母亲却坚持要和父亲一起走。当他们刚把文件烧光,国民党特务已经开始敲门了。母亲赶快将马克思胸像藏在亭子间的煤堆中,并用双手抵住门,让丈夫赶快从后门逃走。可是已经来不及了,特务们一下将门撞开,母亲的大拇指被折断,鲜血直流,但她想到马克思像已藏好,文件也已销毁,便放下心来。她迎着特务们的枪口,毫不畏惧地说:我叫朱少白,这位是邻居陈先生,你们有何贵干?从此母亲就一直用朱少白这个名字。其实朱少白是父亲当时的化名,他知道母亲是为了掩护他,因此就说他是来向朱嫂借东西的。特务们不由分说,把俩人都抓走了。在看守所里特务们不能从母亲嘴里得到任何东西,见她是一妇女,又怀孕在身,不久就把她放了。母亲回到家后在煤堆里找出了马克思胸像,但一连好几天都找不到地下党的同志。更打听不到父亲的下落,只得变卖衣物度日。一个月后,朱剑农突然找来,他对母亲说:"党组织在设法营救被捕的同志,大栋的事你放心,眼下你怀孕在身,一个女人在上海极不安全,组织决定派你回旌德。"因此妈妈在(一九)三〇年底,带了简单的行李和马克思胸像回到了朱旺村娘家,不久又回到了梅村婆家。

这样马克思胸像又再次来到梅村。(一九)三一年农历三月，我母亲生了我姐姐梅甦华。

梅本华的这份手稿是用20×15的方格稿纸抄写的，原谅笔者照原文抄录下来，除了个别明显的错别字，其他包括标点符号等均一字未动。

通过梅本华的讲述，一些历史的细节才渐渐呈现，但为什么后来梅大栋与朱少白的讲述会出现那么大的偏差？这个问题我们后面还要解释，现在，让我们再次回到当年的历史风云中去吧。

1930年底，这尊马克思银像又回到了皖南山村，但不久之后，银像又去往杭州。这段历史已经很少有人知晓了，感谢梅本华的记录，为我们还原了那段被遮蔽的历史。

梅甦华出生后，朱少白一面抚育女儿，一面打听和等待丈夫梅大栋的消息。她天天站在老屋前的大树下，抱着女儿，望着村路的方向。

这样的场景，在旌德很多个地方上演，很多革命家属都和朱少白一样，她们的亲人有的失去了消息，有的偶有信来，却又神秘地消失在时间深处，没有人知道他们去了哪里，到底是死是活。村口大树上的叶子绿了又黄，树下的女人们引颈四望，她们渴望春天的紫燕和秋天的大雁带来远方亲人们的消息，而无意间一只被认为不祥的乌鸦的鸣叫也会让她们一连几天心惊肉跳。

朱少白是幸运的，她的等待有了着落。1934年初，她接到了梅大栋从杭州寄来的信，信中，梅大栋让她即刻去杭州。

此时,女儿刚刚3岁,朱少白考虑到带孩子与丈夫一起进行地下工作不方便,就忍痛将孩子交给了婆婆梅坤荣,只身带着马克思银像来到了杭州。

当时,梅大栋出狱后,就去找了曹宣天的亲戚曹国云,即曹谷云,他以前是芜湖团地委的一个负责人,当时住杭州近郊的茅家埠,梅大栋算是与党组织又联系上了。梅大栋便在茅家埠小学教书,以开展民众教育为掩护进行革命活动。那时的茅家埠被称为"民众教育试验区"。朱少白与梅大栋会合后,一面在小学幼稚班教书,一面协助梅大栋进行地下活动。他们的家又成了党的活动场所,一旦有开会或接头,朱少白就在门口望风放哨。

那段时光,对朱少白来说,应该是异常幸福的。梅本华记录了母亲的回忆,"就是在杭州的这段时间,妈妈对马列主义有了更多的学习和了解,从而更加坚定了她的革命信念。当时有许多同志在那尊马克思银像前受到了马克思主义的理论教育,一些同志在马克思银像前宣誓加入了中国共产党"。

为了掩护同志,保护银像,朱少白多次机智地支走了特务,多次秘密地将马克思银像转移,她的机智和勇敢,使得同志们对这位个子娇小的女党员肃然起敬。然而,1935年秋,梅大栋和其他几位同志又一次被捕了。那时,朱少白正怀着梅本华,失去了组织与丈夫,她为了保护马克思银像的安全,再次悄悄带着银像回到了旌德梅村。

此后,马克思银像才长期留藏在旌德。

银像先是藏于梅家老宅中(砌在墙缝中,外面糊上石灰。梅家老宅是双层砖墙,里面有夹层,可以收藏很多东西,比如后来发现的暴动指挥枪、手榴弹等都藏于夹墙中),后转移到朱旺村,藏于朱少白娘家老宅中(也是同样砌在墙缝中)。

在此后白色恐怖长期笼罩的险恶境地中,梅坤荣与女儿梅竹娥、儿媳朱少白、外孙女梅兰英、孙女梅淑华一家三代五位坚强的女性,用生命守护着银像的安全。

在探询梅大栋与朱少白的革命生涯时,我的眼前常常出现一幅画面:红梅白雪图。这画面恰好暗含了这对革命夫妇的名姓。这样一幅画面,充满着生机,充满着热情,充满着希望。但,也充满着悲壮。他们此后的命运也让人唏嘘不已。

他们与马克思银像的故事还在继续。

二　朱少白的遗憾

1935 年农历三月,梅本华出生,他是在杭州出生的,所以当时梅大栋给这个儿子取名梅吉杭。但很快,由于梅大栋被捕,梅本华和母亲朱少白一起回到了旌德梅村,父亲在他的婴儿期应该是缺失的。直到 1937 年,梅大栋出狱后回到了旌德梅村,父子才得以相见。然而,这一次,梅大栋在家只住了月余,一个多月后,这位职业革命家便再次离家,参加抗日救亡工作,而这次一别竟是永年。直至去世,梅大栋再也没有回到梅村。

村口的大树下,又常常出现朱少白抱着孩子的身影,在漫长的岁月中,那场景就像一张黑白的木刻版画,深深地印在梅村人的记忆里。

1937 年后，中共旌泾太中心县委书记胡明来到梅村开展地下工作，朱少白作为一名有经验的党员，积极参加党组织活动，帮助胡明争取群众支持，扩大革命力量。

抗战期间，朱少白成为地下党的妇女干部，当时皖南一带新四军游击队领导人叶维章等经常带领一些同志来梅村活动，梅家自然成了活动聚集地。几次谈话中，朱少白与叶维章谈及马克思银像之事。当时，叶维章将马克思银像借去，向广大游击队干部和战士进行马列主义思想教育。藏在墙壁中的银像再一次被取出来，在皖南的大地上闪耀着信仰的光芒。

1949 年旌德解放，朱少白带领本村妇女进城宣传，在城郊张家坦向群众宣讲革命道理，庆祝全县解放。不久，朱少白经朱明亮同志之手，再次将马克思银像借给叶维章同志。两年后，叶维章同志将银像归还给朱少白。

这样一来，旌德乃至皖南很多人都知道了马克思银像以及朱少白一家的境遇。然而，珍藏马克思银像，并没有给朱少白带来世俗意义上的荣耀，这时发生的一件事，却让 1930 年入党的朱少白陷入了极度痛苦之中。

新中国成立后进行党员登记时，有关方面认为朱少白入党时的介绍人及证明人均找不到，因而不能予以登记。朱少白对此很有意见，她认为自己自从 1930 年入党后，一直努力地为党工作，在白色恐怖时期，更是从未停止过革命，自己还曾介绍过许多同志入党，新中国成立了，反而自己的党员身份不被承认。朱少白想不通，很多次，她拿着马克思银像要去北京找总理、找刘少奇同志。“他们应该记得我这个党员！”她激动而委屈地说。

每次母亲动了去北京的念头，儿子梅本华就劝说她：“时间相隔这么久，这些领导人是否还记得你？再说，他们也不是随便可见的，他们的工作都很忙，不要去麻烦他们了。另外，到北京路途遥远，去一趟要花许多钱，而且还不一定能找到人。你放心，相信总有一天，这个问题会被澄清的。”

捧着银像，朱少白站在村口的路上，遥望着北方。眼前的北方被群山阻拦，北京，是那样遥远，远得超出了她的想象。她听着儿子的话，默默地抱紧了马克思银像，忍不住肩头耸动，无声地哭泣起来，去北京的念头就这样一次次涌起，又一次次被打消。

北京去不成，朱少白的情绪很是低落，但她始终认为，只要将马克思银像保存好，有朝一日找到中央领导人，他们一定会证明自己是个党员的。本着这样的信念，朱少白对马克思银像更是视如生命。

虽然有关方面不承认自己的党员身份，但朱少白自己还是像一名党员那样严格要求自己，出生于大户人家的她，本来是做不惯农活的，但她积极地参加生产劳动。当时，皖南一带的山村，主要的收入靠养蚕，朱少白放下身架，拼命地采桑喂蚕，成了劳动能手。据梅春平回忆，他曾在朱少白的房间里看到一本小册子，是社员证，还有一张劳动积极分子奖状。

在那些日子里，朱少白在挥汗如雨的劳动间隙里，一定在思念着丈夫梅大栋，他在哪里呢？他如果回来了，应该就能证明自己的党员身份了吧。有多少个深夜，她面对着那尊银像，是否会再一次想起过往革命年代的那些血泪与温情？

然而，梅大栋就如失踪了一般，一直没有消息。

1958年，梅本华成为蚌埠医学院附属医院的一名医生，朱少白带着马克思银像来到蚌埠，和梅本华一起生活。

梅本华后来回忆说，朱少白从老家带到蚌埠的，还有一只梅大栋用过的皮箱，箱子里有三张明信片，其上的字都是繁体字，内容已经记不清了，但其中一张明信片写信人的落款为：虎啸。“虎啸”是谁呢？朱少白说，梅大栋以前曾告诉过她，这位“虎啸”是一位党的高级领导干部。可惜，在“文革”中，这些明信片全都被销毁了。

离开皖南三都梅村，来到皖北淮河岸边的蚌埠，孤单的朱少白，常常捧着马克思银像和那几张明信片，向梅本华和他的妻子讲述以往的革命经历。她一再叮嘱他们，以后，我不在了，一定要把这些特别是银像保存好啊。

在此期间，旌德、宣城等地有关部门曾多次派人来蚌埠了解有关马克思银像的事，但均遭到朱少白的拒绝，她拒绝得没有丝毫商量的余地。这个倔强的老太太常对儿子说，一有机会，你就送我去北京，我要亲手将银像交给党中央。

朱少白一辈子没有去成北京，1964年，她突然患病，抱憾而逝。在病逝前，陷入弥留之际的她，还紧紧握着儿子梅本华的手，喃喃地说着，银像，银像，银像。

梅本华流着泪应着母亲，妈，我知道，你放心吧，我会保护好银像的。

三　银像“失”而复出

梅本华答应过母亲，要保管好马克思银像，但这尊银像曾经离开了他的视线，差点不知下落。

1959年，国庆十周年，时为旌德县政协委员的梅树基首先向上级报告，说三都有尊马克思银像。然后，县里数次派人到三都，向梅大栋母亲梅坤荣借用银像，但当时银像已不在三都。后来，有关方面又几次到蚌埠与朱少白商量借用银像，都遭到了拒绝。

1967年7月16日，这个日期梅本华记得异常清楚。这天，中共旌德县委的同志来到蚌埠，向梅本华借用马克思银像进行革命传统教育，这是一件好事，作为入党积极分子的梅本华，虽心有顾虑，但想到之前，母亲也曾将银像借出，便从卧室里拿出了银像，交给了前来商借的同志。

看着旌德来的人携着银像走远了，看不见人影了，梅本华还靠在门框上使劲张望着。此时，他心中突然有一种不好的预感。

梅本华读的是中专，巢湖卫校，毕业后被分配到当时淮河水利委员会医院当医生，当时很多上海的医学专家响应国家号召，到淮河水利工地上担任医生，梅本华抓住这个机遇，向这些专家教授请教，积极钻研业务，业务能力很快得到大大提升。几年后，淮河治理初见成效后，国家决定以淮委医院这批专家为基础，成立蚌埠医学院。因为业务能力突出，虽是中专文凭的梅本华也成为医学院的教师，在医学院从事医学检验工作。

从小听着母亲讲述上一代人的革命经历，梅本华非常渴望也能成为一名共产党员，一进医学院，他就向党组织递交了入党申请书，然而，他的申请一直没有通过，这是为什么呢？

原来，梅本华一次与一位要好的同事闲聊时，说到了自己家的历史，自己的爷爷曾经与刘少奇有过联系，他说过就忘了，没想到，这位同事却记在了心里。当得知梅本华要求入党时，他就向党组织举报了梅本华家庭历史不清的问题。

由此，梅本华一次次递交入党申请，又一次次以相同的原因不被批准。

“文革”开始了，因为家庭成分是中农，又加上父亲的历史不清问题，特别是牵涉到刘少奇，梅本华一下子也成为“刘少奇的孝子贤孙”了。

本来，马克思银像应该给予他们梅家以革命的荣光，但他们在“文革”期间因此而遭受到一系列磨难。

1966年，在旌德梅村，“文革”造反派逼问梅大樑嗣子梅健华与梅大栋的关系，并用比手腕还粗的木棍，从背后拦腰将梅健华打倒在地。此后，梅健华的腰一辈子都直不起来，留下了终生残疾。

在那个特殊年代，梅家人不敢提及梅大栋，更不敢牵连上安源、刘少奇。在朱少白的回忆材料中，连结婚时间都改了，原本有个女儿伊万，因时间对不上，也被抹掉只字不提，不敢承认。

1969年，蚌埠医学院被撤销，全体医务工作者被下放到农村，梅本华一家人被赶到安徽宿县栏杆公社，那里当时是安徽北方最偏远的一个乡镇，被称为“安徽的西伯利亚”。

从当时安徽最繁华的城市蚌埠一下子下放到最贫寒的农村，梅本华没有气馁，他在医疗队兢兢业业地工作，尽自己所学为老百姓看病。

毕竟是城里来的大医生，梅本华的医术很快就在当地传开了，他不仅看病看得准，还想办法为病人减轻经济负担，经常到田间地头寻草药，熬制好后无偿送给病人服用。在当地，现在还有一些老人传颂着梅本华治病的故事，有一位病人双手腐烂发黑，到县医院治了好久也不见好，也不知道是什么病。有一天，梅本华见到他，细细询问了一番，便给他开了一点药，药费不过几角钱。几天后的一个清晨，梅本华起床开门，看见一个人拎着一只老母鸡坐在门槛上，正是那位病人。病人连连称谢，说梅医生的药太神奇了，几天病情就见好了，他说着，伸出十指晃着，不烂了，长肉了。病人硬要将那只肥硕的老母鸡送给梅本华以示感谢。梅本华笑着说，不用，不用，你那是维生素B2缺乏症，以后啊，还是要注意，有问题来找我！

梅本华和家人在栏杆乡下住了8年。1977年，“文革”结束，他才被调回到宿县地区医院。而在此8年里，他每年都雷打不动地向当地党组织递交入党申请。

临离开栏杆公社，梅本华的入党申请终于被批准了。

到了宿县地区医院后，梅本华还是负责医学检验工作，他潜心钻研业务，一时成为全省乃至全国的医学检验方面的权威人士。到了20世纪80年代初，当时要推荐知识分子提拔进入行政管理机关，梅本华被列为地区卫生局副局长人选。然而，正当组织上来考察时，以前的那位同事又写来了举报信。

梅本华最终没有成为地区卫生局的领导，对此，他也不以为意。此时，他除了本职工作，最牵挂的还是那尊马克思银像。

自马克思银像被借走后，梅本华就为其下落而担忧。但在“文革”期间，他根本无力去追寻。粉碎“四人帮”后，梅本华多次去函去人到旌德寻找马克思银像，但一直查不到线索，都不知道银像到底到了哪里。

梅本华非常痛心，觉得自己没有保护好银像，对不起母亲的临终嘱托。他以为，那一尊与他家几代人发生了命运勾连的马克思银像，从此就要消失了。

然而，1987 年 3 月，一则关于马克思银像的新闻报道让梅本华眼前一亮，虽然那则报道有些内容失实，但这让他找到了银像的线索，他立即赶到了旌德。

经过多方调查了解，梅本华弄清了消失了近 20 年的马克思银像的轨迹。原来，马克思银像保存于旌德县档案馆，1986 年下半年，安徽省举办安徽革命斗争史展览，徽州地区（当时旌德县归属于徽州地区）党史办将马克思银像照片提供给展览筹备小组，该小组成员认为这尊银像十分有价值，便按图索骥，找到了银像，并按原样大小复制了一件用于展览。同时，文物专家对原件进行了技术鉴定，认定该像系纯银铸造。

正是在这次展览中，这尊马克思银像引起了新闻界、文物界、党史界的极大兴趣，产生了极大轰动，也便有了相关媒体的公开报道。

时隔20年,梅本华和家人又见到了银像。当看到饱经沧桑、重见光明的马克思银像时,那一瞬,他泪流满面。

这是梅家几代人用生命呵护的无价之宝啊。

这是信仰,这是使命,这是担当。

一家人开了个小会,经过商量,决定条件成熟时,将马克思银像捐赠给党和国家,为便于保管,暂由旌德县档案馆代为保存。他们知道,这尊银像虽是梅家人珍藏的,但它更属于党和人民,更属于全世界马克思主义的追随者、践行者。

1987年5月30日,时任旌德县人民政府县长欧阳季光代表政府与梅家的代表梅本华签下了《关于马克思银像的协议书》。

签下那纸协议书时,不知梅本华内心深处会掀起怎么样的波澜,他是否想起了祖母、父亲、母亲、小叔、姑姑那一张张保护了银像的梅家人的面孔?是否想起了背篓、老屋、柴棚、夹墙那些保存银像的地方?

我们只知道,那天签完字后,梅本华两眼含泪,不能言语。

第十章　寻梅

一　心结

其实,关于第 6 号马克思银像的故事,到这里就可以结束了。可是我始终有一个心结,那就是后来突然隐没在历史深处的梅大栋,他的命运沉浮,他的悲欢离合,缺失了他,这个故事便是不完整的。

寻梅,雪里寻梅,是中国文人们的一种诗情浪漫,但我在现实里寻找关于梅大栋的后来的人生轨迹,更多的却是沉重的喟叹。

梅大栋最后一次离开皖南家乡是在 1937 年。据梅树基生前回忆:“他回家的时候,身体就不好了,眼睛变近视了,手发抖,毛笔不能写,只能写钢笔,这都是因为受刺激太多。”

梅大栋究竟受了什么刺激,是因为之前的牢狱之灾吗?或者,是经受了别的伤害?

关于梅大栋的后半生,现存所有的资料都写得十分简单,正如他自己在1956年8月22日的个人自述中写的一样:

> 我出反省院后,先到杭州茅家埠曹国云处暂住。后经他介绍,任了半年民众学校教师。1936年在南京考入度量衡行政人员养成所学习,同时协助同学李延瑞(时任冯玉祥秘书)编辑《抗日阵线》三月刊。1937年我赴湖北武昌安徽旅鄂中学任国文教员,参加抗日宣传工作。1938年1月,随湖北失业教师入川到重庆,后在宜宾县度量衡检定所任检定员,1939年初我被辞退。失业后,曾写信给重庆《新华日报》主笔潘汉年,请他介绍去延安,但他在回信中婉转回绝,使我失望。3月初,我改名梅养天,考入成都中央军校,先任文化干事,后任教官。1949年10月,全国大部分地方解放,军校迁往西昌,我不愿去,留居四川彭山县,1952年参加县文物管理工作。

他这篇“自述”总字数约3300字,基本脉络清晰地讲述了自己1952年之前的个人经历,而关于他在1936年之后的遭遇,他只用了不到300字的篇幅。仿佛有很多难言之隐藏在这字里行间,又仿佛他不愿意再去回想那段历史。

他究竟经历了什么?

作为自述文体，梅大栋的整个行文还是非常客观的，几乎不带个人主观情感色彩，但在“失业后，曾写信给重庆《新华日报》主笔潘汉年，请他介绍去延安，但他在回信中婉转回绝，使我失望”一句中，还是忍不住透露了他颇为强烈的个人情绪。

失望？那是怎样的一种失望？

我翻阅了所能找到的资料，无一例外，对于梅大栋1936年后的记载如出一辙地简单、概括，试摘录比较权威的《江淮文史》1996年第6期施国斌所著《旌德革命史上的早期播火人》一文部分段落如下：

> 1936年2月，（梅大栋）考入南京度量衡行政人员养成所学习。同时，在南京协助冯玉祥的秘书李延瑞编辑季刊《抗日阵线》。1935年至1937年，抗日战争爆发前夕，梅大栋主办《人生周报》，该报由安徽旅宁人士柏文蔚、冯玉祥等支持创办，由芜湖籍的鲍沧任社长，梅大栋任总编辑。该报设有新闻、文艺副刊及皖政评论等栏目，专揭各县贪官污吏和土豪劣绅的罪恶行径，为安徽民众伸张正义。
>
> 1937年7月，梅大栋在养成所学习结业后，又转赴湖北武昌的安徽旅鄂中学教书，并参加抗日宣传工作。1938年元月，随湖北失业教师进入四川重庆，2月在四川省宜宾县度量衡检定所任核定员。1939年梅大栋失业，一度想去延安学习，未果。3月初，梅大栋改名梅养天，考入成都国民党中央军校，任文化干事，后加入国民党，升中校政治教官。1949年10月，军

校迁往四川西昌，梅被遣散，即偕同四川籍后妻留居（四川省眉州市）彭山县工作。1952年被人民政府安置在彭山县文物保护管理所任保管员。1957年在反右派运动中受到错误批判，不久去世，享年56岁。1980年平反，恢复名誉。

这段文字，看起来与梅大栋的自述基本吻合，但还是提供了一些细节。原来，化名“梅养天”的他，在四川另有一位妻子。另外，他的去世与“受到错误批判”有没有直接的联系？

即便是这些简短的介绍，也让人感觉到了梅大栋后来人生的跌宕起伏。作为安徽早期的共产党人，在后来的岁月里，他经历了怎样的心路历程？

经过一番打听，我终于找到了梅大栋在四川的后人的联系方式，我决定去一趟彭山县（现四川省眉山市彭山区）。

二　从“梅大栋”到“梅养天”

现有的资料都认为梅大栋改名梅养天，是在1939年3月考入成都国民党中央军校后。但我在一个偶然的机会，搜寻到了一本书，书名《民主与独裁》，该书出版于“民国二十七年秋季”，亦即1938年，当时是由“中国度量衡学会四川分会第六区支会”出版，出版地点在四川宜宾，发行则是“重庆北新书局（地点：重庆市）”，这本书的作者署名“梅养天”。

严格意义上，这是部“编译著”之作，即一部分内容是翻译的外国文章，一部分内容则是作者对有关内容进行的梳理，全书的主要内容是“民族平等的立场上讨论民主与独裁的出路”。该书的书名由朱光潜题写，扉页题签也不乏一时名流学者，如章伯钧题：“在抗战生活中，留在后方的战斗员最大的责任，是在努力保存精神生产与物质生产之平衡的发展。”

这书的作者是否就是那位梅大栋？

书后的附录二“编译以后”有这么一段文字为之做出了证明。现摘录如下：

> 养天自民国九年开始参加了反帝反封建的革命运动，次年因领导学生改造学校在宣城入狱，又一年因领导青年运动在芜湖被拘，民国十三年至十六年在湘赣豫鄂一带从事国民革命工作，曾被捕两次，十七年又受皖旌贪污土劣之围攻，虽然机动地保全了自己，却使家庭中仅余的两个男丁牺牲了。母舅宋仁贵、堂弟大松、友好谭笑平等均为此而入过狱，梅树基、芮良、冯道并遭了三五年牢狱之灾，都是我平生最不安的事。民国十九年又因反帝而被拘入了帝国主义的监狱，侥幸在那里多学会了些洋文。却因受残酷之体刑而致两手执笔为难，幸宋君长于书法，足以助我之短，中国监狱的残忍生活，曾因革命前后度过三四年。死里逃生的关头，经过数十次，有两次是在拘押中决定死刑而后得脱的。如今仍能努力反帝反封建的国民革命工作，是个人之幸，也是国家之幸。因我平生爱读书，薪资所入，除最低的衣食外，大部分节余都用来买书，而

卖文所入，则十之九是送到书铺里去了。各大都市的旧书摊，也常去搜集廉价书，虽然不大卫生，却适合穷人的脾味。但不幸十七年以前的藏书，十七年一役被封建势力吞噬了。以后所置之书籍衣服行李，“一·二八”又被日寇炸弹毁于上海天潼庵之三山里。更后从沪杭苏宁所购之书籍及未出版之原稿三册，又于去年全部被陷于宣城。随身所带而至武昌安中教书者，仅一箧一被而已。今春入川，虽有意写作，而参考书缺乏，宜宾文化落后，藏书既少，书店尤无货。因而竟迟至八月才开始《民主与独裁》之作，内心上确实不安。今天此书能和世界人士见面，略堪慰个人惭愧之心情。

落款则为：“中华民国二十七年末　写于四川省第六区专员公署度量衡检定分所”。

是的，这自然是那个梅大栋无疑。这至少也说明，“梅养天”一名早在1939年前就使用了。为什么改用此名？现在已经无法得知了，但有一点可以明确的是，从那以后，一直到去世，他都一直沿用“梅养天”这一名称，而那个“梅大栋”则似乎成了另一个人。

从上面的引文中可以看出，虽历经磨难，梅大栋彼时的报国热情依然不减，从其字里行间，依然可以读出他对社会生活的炽热与活跃。然而，从1939年后，他似乎变得沉默而忧郁。这从他后人的回忆中可以感受到。

1938年，梅养天与四川彭山县女子宋镜渠结婚。1939年，他与宋一起移居成都，一直到1949年，在成都生活了10余年，此间，他们共生育了四个孩子。

2022 年 11 月 13 日上午,在四川省彭山县的一家茶馆里,我和梅养天的四位后人见了面。老大梅吉米,1939 年生;老二梅吉洪,1941 年生;老三梅吉仁,1946 年生;老四梅吉蓉是女儿,1949 年生。说起对父亲生前的印象,他们无一例外地都说父亲是严肃的、沉默的。

父亲梅养天是如何认识母亲宋镜渠,并与之结婚的?子女们均表示,父母从来没有向他们说起过,但他们私下猜测,母亲宋镜渠也是个热血青年。出生于 1911 年的她,年轻时就出川到上海就学,她就读的上海中国新公学,也是领一时风气之先。在她读书的日子里,也正是上海工运处于高潮的时期,宋镜渠也是工运的积极分子。有一次,她甚至冒着生命危险,帮助一位叫何蔼兰的女中共党员逃出追捕。很有可能,彼时在上海从事工运的梅大栋与母亲宋镜渠就相识了。

在成都的 10 余年,梅养天在国民党军校任教官,他的职业是政治教官,但主要教授的是历史。据梅吉洪回忆说,父亲总是穿着长衫,不苟言笑,每天夹着书本一个人孤单地从家到学校,从学校到家,很少有朋友。

让梅吉洪印象最深的一件事是,有一次,上小学的他放学后,看见路上有同学围观,他也挤上前去,结果有人喊,是死人!大家一哄而散,他也跟着奔跑,结果将书包弄丢了自己都不知道。回到家后,见他惊吓不已,父亲问他,跑什么呢?

梅吉洪回答说,看见死人了。

父亲说,死人有什么怕的?又问,你的书包呢?

梅吉洪一看,说,丢了。

父亲轻轻叹一口气说,你这孩子,读书将书包丢了,那要是当战士,还不得将枪都丢了。

梅吉洪去找书包,却再也找不到了。他回到家后,父亲说,这是个意外,我也不打你了,揪个耳朵吧,下次注意点哦。说着,轻轻地揪了揪他的耳朵。

2022年初冬的一天,在彭山区的一家小茶馆里,说起这一段经历,80多岁的梅吉洪两眼湿润,他说,因为丢了书包,教材没有了,那时没有书店能买到教材,为了我读书,父亲便让我找同学借教材来,他每天晚上给我抄教材,语文、算术各抄两课,那时父亲手一握笔便颤抖,他便用两只手握笔,站在那儿给我抄写。

梅家的孩子们直到很晚才知道父亲是安徽人,父亲入乡随俗,说得一口地道的四川话,他更没有透露自己早年的革命经历,他们只知道父亲总是心事重重、郁闷难解的样子。

因不愿随国民党军校迁往西昌,梅养天选择回到彭山青龙场,那里只有岳母一人,还有岳父这位前清秀才生前置下的几亩田产。不久,彭山解放,由于曾经的国民党军校教官身份,梅养天家经常被抄家搜查,也隔三岔五被拉去开会批斗,一去就是三四天,即便是这样,梅养天也没有说起自己曾经的共产党员身份。1950年底至1951年底,梅养天在县公安局的管制下,参加修路劳动,几乎没有回过家,家中四个孩子、一位老人,全靠宋镜渠来负担生活,艰难可想而知。无奈之下,先是老四被一户人家抱走抚养,接着是老

二、老三陆续被抱走。

1951年底的一天,一位解放军带着一位外地人来到青龙场,寻找梅养天。此时恰好问到梅家的一位邻居,那人说,梅家的大毛正好在街上。所谓大毛,正是老大梅吉宋的乳名。来人在梅吉宋的引领下,来到了梅养天一家居住的茅屋里。

梅吉宋回忆说,他只看见来人递给父亲一封信,信的抬头写着"大栋先生"几个字,其他就不知道了。他只知道,父亲看着信,泪流满面,双手颤抖。过了些日子,一封封皮落款为"中共中央人事局"的挂号信来了,信的大致内容是:梅养天先生,请你到西南军政委员会文化处报到。

来寻找梅养天的是谁? 有说是宋镜渠当年救过的何蔼兰(后改名何文璧),其丈夫时在当地驻军任职,无意中得知宋的下落,特来寻找;有说是梅养天致信中央机关后,引起了有关部门关注。因事隔久远,当事人均不在世了,无法得到确切的说法,但有一点是确定的,接信后,梅养天即启程前往西南军政委员会所在地重庆。

从彭山到重庆,当时成渝铁路尚未修建,路途遥远,更主要的是,梅养天连到重庆的路费都拿不出来了,他只得步行到邻近的乐山,从那里搭乘免费的货运船只去往重庆。乐山往重庆的数百里水路,滩急湾多,不少江段需要纤夫拉纤才能行船。听着纤夫的号子,看着奔涌的浪花,两岸绝壁上野花竞放,梅养天的心绪一定也是极其复杂的吧。

到了重庆,有关方面告诉梅养天,政府重新为他分配工作,请他去成都报到。在重庆,梅养天找到昔日故交,借了些盘缠到了成都。到了成都政府部门,他惊讶地发现,以前军校的一些同事,和他一样没有离开的,现如今都被管制,参加各种劳动。这些同事也惊讶地问他,梅先生,你怎么没有受到管制?梅养天无言以对。因此,当政府部门征求他的意见,是否愿意在成都工作时,他摇头拒绝了,他要求回到彭山去。

就这样,梅养天被分配到彭山县文化馆。到了那里,他看见馆里院中卧着一头大铁牛,这是从县城附近岷江里打捞上来的文物,经风历雨,已经满身铁锈,而馆里的库房中还堆放了许多从士绅家中抄来的旧书籍,他便对领导说,我的特长是文物历史研究,就让我干这个吧,我来保管这些文物。领导同意了,于是,彭山县文物保管所成立,保管员只有一个人——梅养天。

听着梅养天后人的叙述,我的脑海中闪现出这样一个画面:彭山县城东街,文化局低矮的平房内,梅养天到人事部门报到。当工作人员递过来一纸文件让他签名,他愣了一下后,才认真地拿起毛笔,用颤抖的手,极其缓慢而认真地写下了三个字:梅养天。也许,他心里想着,有工作了,新的生活是否就将从此开始?

三　墓地

2022 年 12 月 14 日上午,彭山小城岷江对岸的磨儿山上,83 岁的梅吉宋与 76 岁的梅吉仁在荒草间辨认着去往父亲墓地的道路。好在山不高,爬了不一会儿便到了山巅。杂草丛中,一座墓地显现出来。

山间安静，墓地的周围栽种着当地的特产柑橘。站在墓地前，能够看见岷江奔流，以及彭山县城里鳞次栉比的房屋。

1957 年 10 月 13 日，梅养天于县文物保管所宿舍内自尽。

家里人至今也说不明白为什么梅养天会做出如此选择，他明明是个经事的人呀，他在国民党的大牢里经历了那么严酷的刑罚也没有放弃生的意愿啊，他更不是一个软弱的人啊。

自从到文物保管所工作后，梅养天就一头扎进了当地文物保护研究的工作中去。彭山是东汉崖墓的重要区域，县内有大大小小 5000 余座崖墓，著名的“江口沉银”也发生在该地。据梅吉宋回忆，他父亲那时每天早出晚归，先是步行到岷江边，过渡口到江口东山一带崖墓聚集区域，在崖墓里一待就是一天，回来后就在文管所的宿舍里继续对着发掘出的文物进行研究，晚上很少回家。不仅如此，父亲还发动周边人家的小孩子去崖墓周边捡拾破碎的瓦片、陶片等，交给他后，他会奖励这些孩子一分、二分钱。夜以继日地发掘、研究，梅养天很快在这一领域做出了成绩，从 1952 年到 1956 年，他在当时的专业杂志《文物》上发表了多篇文物考古文章，其中一篇题为《彭山东汉崖墓发掘》的文章发表后，立即引来四川大学历史系学生把彭山作为实习基地，而梅养天承担了带领学生实地考察和讲解的任务。另外，很多学校也来请他去做关于彭山文物古迹的学术报告，如眉山一中、眉山师范等。梅养天曾经花了 1 万元（旧币）钱从一个收购废品的人那里买了一枚铜镜，这枚东汉海马葡萄镜后来被南京博物院收藏。1960 年，梅吉宋第一次去北京,在北京故宫博物院陈列展上,他看见一尊东汉陶俑,旁边标注一行字——出土地:四川彭山双江东汉崖墓,送展单位:彭山文物保管所。虽然彼时父亲已经去世3年,但看到这几行字,梅吉宋还是为父亲感到十分自豪。

尽管还是沉默寡言,但在孩子们看来,父亲整个心情似乎不错,那几年春节前,父亲一个人在文物保管所里都会举办一场本县的文物展览,有自然文物,如收集来的陨石;有历史文物,如各种铜镜、陶俑等。他一个人布置文物、撰写文物介绍,遇到前来观看文物的人,他还会热心地进行现场介绍。

家里人并不知道梅养天是怎么开展工作的,父亲在家里也很少说起。只有一次,吃饭时,他告诉梅吉宋说,他有一天在保胜乡龙门寺考察文物时,寺门上的一件雕塑看不清楚,他便攀着楼梯上去,结果,一阵风吹过,寺檐上的一个数斤重的铃铛掉了下来,擦着他的鼻尖落到地上,将地面砸了个大坑,如果砸到头顶他当场就没命了。还有一个细节让人听起来十分感动,梅养天那样痴迷于彭山文物,所有收集到的文物他悉数交公,他的家里连一枚小铜钱都没有留下。

由此可见,这份文物保管所的工作,确实让梅养天开始了在新社会的新生活,也因为这份工作,小城里便传言梅养天说是刘少奇的秘书。对此,每当有人问起,他总是一笑了之,不做任何解释。有一次,梅吉宋大着胆子问父亲,人家都说你是刘少奇的秘书,你是吗?父亲很严肃地对他说,不要乱讲。也有人当着梅养天的面说他是反动派,梅养天也不做任何辩解,只当没有听见。他将全部的心力都用在彭山的文物考古和保护工作上了。

蜀地与安徽路程迢迢，在钻崖墓、探古迹时，梅养天是否会想起人文历史同样深厚的遥远的徽州故乡来？是否会想起那尊他以性命相托的马克思银像的命运来？

据梅春平回忆，1956年上半年，失去联系多年的梅大栋给旌德的母亲去了一封信，信中说他即将去北京，届时回家看望老母亲。老母亲接信后，异常高兴，原来宝仂还活着！她立即到街上买了一只鸭子，她还记得，自己的宝仂特别喜欢吃她做的红烧鸭。她在街上逢人便说，儿子要回来了，儿子要回来了！

然而，梅大栋却永远回不去了。

1957年，“反右”运动开始，梅养天受到了批判，受到批判的原因是他发表了一些“错误言论”。据他家人回忆，当时梅养天经常下乡发掘文物，因此对乡村现状比较了解，对粮食统购统销政策发表了一些不同看法，结果被人写了大字报而遭批斗。

回到梅养天临终前的那个晚上。据梅吉洪回忆，那天晚上，梅养天在家里焚烧了一些纸质材料，有与友人的往来书信，有一些文件资料，做这些时，父亲面容平静，看着那些纸张在火光中渐次熄灭成灰，他将那些纸灰拢在一起，装在一个杯子里倒掉。本来，他每天晚上从家里回到文物保管所宿舍睡觉，经常会喊上老三陪他，但那天晚上他没有喊老三，一个人独自掩上门走了。第二天早上五六点钟的样子，文化馆来人喊母亲过去。母亲到现场一看，父亲已经被放到了宿舍地上。从父亲的衣着看，他应该是一晚未睡，中山装穿得整整齐齐。

梅养天一开始被草草安葬在城边一处乱坟岗上,没有墓碑。1963 年,家人通过各种努力,才将他的遗骨重新安葬在如今这个地方。墓地前种了两棵万年青,结满了小小的果子,青里透红的小果子尚缀着露珠,似在诉说着什么。

回到前面的问题,梅养天为何要选择自尽?有人说是因为失望,有人说是因为不堪凌辱,但这些说法都不能让人十分信服。在梅吉仁家中,他拿出了一本书,这也是梅养天留给四川后人们唯一的一本书籍,书名《中国共产党中央委员会关于若干历史问题的决议》。这本 1945 年出版的书籍,纸张已经发黄,书脊已经开裂,而书的封面上,钤有一方印章,正是“梅大栋”。书中没有做任何标注,但从其受损程度来看,应该是被翻阅了无数遍。不知道梅养天是怎样购买到这本书的,又是在何时买到的,但不管是当时作为国民党军校的教官,还是后来作为县文物保管所的保管员,他购买与阅读这本书,无疑都是一种不变的信仰的表现。那时候,他一定记起了自己“梅大栋”这个曾经的名字,一定记起了“共产党员”这个曾经的身份,因此,他才在书的封面上郑重钤上“梅大栋”之印。小心翼翼地翻着这册薄书,我想象着无数个深夜,寂静无人时,梅大栋的目光在这本书的字里行间穿行,他寻找着答案,也寻找着力量与希望。我突然觉得,其实,梅养天的心中从来都没有对党失去过信心。

在彭山档案部门,我找到了一份《中共彭山县委摘帽领导小组关于梅养天死亡结论的批复》,全文如下:

彭山县文教局：

经县委摘帽领导小组1980年8月29号研究，同意你局关于对梅养天的死亡结论。

此复

中共彭山县委摘帽领导小组办公室

附：

关于梅养天的死亡结论

梅养天，男，1899年出生，安徽省旌德县人，死时58岁，1953年参加工作，原在彭山县文化馆任干事。其政治问题1956年肃反时已向组织交代。梅养天在反右派斗争中受到错误批判，于1957年10月13日自杀身亡。

梅养天参加工作后，曾为人民做了一定工作，1957年反右斗争中，梅所发表的言论，不应视为右派言论，对其批判是错误的。梅养天的死亡应按正常死亡对待并恢复名誉。根据中发(78)55号文件规定，给予抚恤费230元，其家属子女不应受任何影响。

彭山县文教局

一九八○年八月二十五日

初冬的风从岷江上刮来，树枝在摇摆，我在老先生的墓地前深深地鞠了一躬。我想起在皖南旌德，在他的故乡，也有一座他的墓地。

那是1991年由梅本华出面，将其衣冠墓建于其弟梅大樑墓地一侧。2022年春天，我来到旌德梅大栋的衣冠冢前，山上开满了映山红，田野上油菜花金黄，梅大栋的墓静静地靠在梅大樑墓地的左侧10米处。1953年7月，中华人民共和国中央人民政府批准梅大樑为革命烈士，向梅家颁发了由中央人民政府主席毛泽东签署的《革命牺牲军人家属光荣纪念证》，赞誉梅大樑"在革命斗争中光荣牺牲，丰功伟绩永垂不朽，其家属当受社会人士尊崇"，上面盖有鲜红的"中华人民共和国中央人民政府"之印。因此，梅大樑的烈士墓建得颇为高大，相比之下，哥哥梅大栋的墓地就矮小了许多。1991年，建父亲的衣冠冢时，梅本华向当地乡政府以及县文物局申请时，当时的批复文件上有相关部门负责人批示：

1.（墓）在保护范围10米之外；

2. 规模不得超过烈士墓；

3. 位置建于烈士墓偏后。

这对革命兄弟也许想不到，多年之后，他们会以这样一种方式重逢于故乡。这遭遇真让人不胜唏嘘，好在站在他们墓地前，再去看新时代的新农村风貌，一家家楼房矗立，山清水秀、风物和谐、人民富裕，想必他们的内心也一定是宽慰的。

尾 声

自1987年梅本华与旌德县政府签了关于马克思银像的相关协议后，马克思银像便一直在旌德县档案馆保存着。人们只知道它的珍贵，但它究竟具有什么样的文物价值并没有一个确切的说法。

2010年7月6日，安徽省文物局组织文物鉴定专家组专程赴旌德县鉴定文物。这尊马克思银质半身胸像经专家鉴定后被评为国家一级文物。7月7日，专家组出具了《安徽省馆藏文物鉴定意见书》，其藏品编号为78-4，这是全国唯一的一尊马克思银质胸像。

据目前所掌握的信息，在全世界范围内，当初十尊同批次马克思银像，这是如今唯一一尊已知存世的。

这尊曾经被藏在破衣物中、瓦砾堆上、稻草间、夹墙里的第6号马克思银像，辗转万里，历经近百年，鼓舞了一代又一代人。

它，见证了马克思主义在中国的广泛传播，见证了革命先烈为追求真理而进行的顽强斗争，见证了当年轰轰烈烈、波澜壮阔的革命。

近百年来，如同马克思主义一般，马克思银像熠熠生辉，照耀着一代又一代共产党人。

如今，在梅大栋、梅大檪兄弟的故乡，马克思银像的故事已经家喻户晓。走进旌德县版书镇龙川村，村口立着的大理石石碑上写着“皖南第一个共产党支部诞生地”“马克思银像在旌德最早的保护地”“梅大檪烈士出生地”等字样，村内的文化墙上彩绘着与马克思银像相关系列图画故事，而梅家老宅如今已经有另一个称呼：“梅大栋、梅大檪故居”。

“第六号马克思银像”在中国的故事，到这里就差不多讲述完了。我着重记述的是，在20世纪那个热血年代，在皖南一个偏僻的山村里，一群早期马克思主义者以及一群普通民众与这一尊马克思银像的命运遭际。

请记住这个地方吧，这里浸润着殷红的先烈之血。

请记住那些革命人，他们心里盛开着主义之花。

再仔细地凝视这一尊充满着传奇色彩的银像吧，在它的身上闪烁着的是共产党人永恒的信仰之光。

后　记

写这本书前后差不多准备了两年。2020 年 4 月，我偶然在一份晚报上看到一则新闻，在安徽皖南旌德小城，竟然收藏着一尊 20 世纪 20 年代的马克思银像，而在银像身后还流传了一个梅氏家族的革命故事，凭直觉，我觉得这是一个不错的写作题材，便决定前往旌德实地探访。4 月的皖南，草长莺飞，春光明媚，当旌德县档案馆工作人员打开保险箱，戴着手套取出那尊银像，使我有机会隔着近百年的时光去观瞻它时，当我了解到围绕着银像发生的更多的不为人知的故事时，我深深地感动了。我说，我要为这尊马克思银像写一本非虚构作品。

等到真正开始写作前的准备工作时，我才发现相关资料十分短缺，由于多方面原因，关于梅大栋的记载只有为数不多的几篇文章,且都是粗线条的介绍,缺乏丰沛的细节,甚至连他的出生年份都有不同的说法,而关于马克思银像的具体来历,坊间也有多个版本。这对非虚构写作来说是一个很大的挑战,我既不愿意复述干巴巴的文史资料,也不愿意将非虚构写成虚构,从而违背非虚构写作的原理。

在这样的困境中,史景迁的《王氏之死》给了我最初的写作启发,我想我还是要回到具体的历史语境中去,回到具体的人本身。为此,我尽可能地搜集和阅读相关党史资料,从《中国共产党简史》开始,一直到旌德县党史,只有在这样的一个历史源流当中去思考和考察人物与故事,我们才能更好地理解马克思银像在皖南颠簸流转的意义,也才能更深入地去体会主人公的所作所为与所想。我还尽可能地深入历史现场,不仅去主人公生活的地方看故居访墓地,而且与主人公在世的后人们进行多次交流。两年多来,我五访旌德,四赴宣城,北上宿州,西行四川,能联系上的梅氏后人基本都找到了。随着采访与阅读的深入,我感觉那一尊银像的中国经历慢慢地在我心中有了清晰的走向,而围绕着银像渐次出现的那些革命者的形象在我心中也慢慢复活了。很多个夜晚,当我在纸面上讲述他们的人生故事时,我觉得我是在和他们进行一场跨时空的对话。

因为这是一本为一段历史做记录、为一群人立传的非虚构作品,必须要对它的真实性负责,但由于年代久远,很多事实难以考证,再加上资料严重匮乏,如何确保历史真实?我想,作为长篇纪实,首先,它是一部文学作品,我的写作任务不是做纯历史的考证,为此,在行文中,我力求每一件事都有明确的来历,对于各方说法不一甚至相互矛盾的地方,则选择以各地党史部门出版物为准。同时,在保证有史据可依的前提下,尽可能地深入人物内心,在叙述上“大事不虚,小事不拘”,力求还原历史场景与历史真相。

感谢安徽省委党史研究院及宣城市、旌德县、彭山区等党史部门提供的帮助,感谢中国作协将此文作为定点深入生活扶持项目,感谢安徽省文联、省作协对本书写作给予的大力支持,感谢朱贵平、陈虎山、刘四清、帅辉等相关部门专家的帮助,感谢梅氏后人梅咏春、梅吉宋、梅吉洪、梅吉仁、梅吉蓉、梅春平、梅子牛等提供资料和接受采访。